BASTEI
LÜBBE
TASCHENBUCH

Weiterer Titel des Autors:

Das Vermächtnis der Familie Palmisano

Über den Autor:

Rafel Nadal kann besser schreiben als Tennis spielen. Der Journalist und Schriftsteller wurde 1954 in Girona geboren. Er schreibt für die Tageszeitung LA VANGUARDIA sowie für mehrere Radio- und Fernsehsender. Sein bislang erfolgreichster Roman DAS VERMÄCHTNIS DER FAMILIE PALMISANO stand zwanzig Wochen in Folge auf der spanischen Bestsellerliste und wurde in zahlreiche Sprachen übersetzt.

RAFEL
NADAL

Die letzten Tage *meiner* Kindheit

Roman

Aus dem Katalanischen von
Ursula Bachhausen

BASTEI
LÜBBE
TASCHENBUCH

BASTEI LÜBBE TASCHENBUCH
Band 17 678

Dieser Titel ist auch als E-Book erschienen

MIX
Papier aus verantwortungsvollen Quellen
FSC® C083411

Vollständige Taschenbuchausgabe

Deutsche Erstausgabe

Titel der katalanischen Originalausgabe: »La senyora Stendhal«
Originalverlag: Columna Edicions, Barcelona
By Agreement with Pontas Literary & Film Agency

Die Übersetzung dieses Werkes wurde gefördert
durch das Institut Ramon Llull

institut ramon llull
Katalanische Sprache und Kultur

Textredaktion: Kirsten Brandt, Offenbach
Titelillustration: © getty-images/Tomas Rodriguez;
© roroto12p/shutterstock
Umschlaggestaltung: Manuela Städele-Monverde
Satz: Urban SatzKonzept, Düsseldorf
Gesetzt aus der Garamond
Druck und Verarbeitung: CPI books GmbH, Leck – Germany
Printed in Germany
ISBN 978-3-404-17678-6

5 4 3 2 1

Sie finden uns im Internet unter
www.luebbe.de
Bitte beachten Sie auch: www.lesejury.de

Für Jordi, Rubèn und Raquel

Vielleicht habe ich dieses Buch geschrieben, um Worte, Erinnerungen zu hinterlassen, die die Menschen in die Lage versetzen, eine Wiederholung der Geschichte mit ihrer gnadenlosen Anziehungskraft der Gewalt zu verhindern. Vielleicht aber auch nur, um zu bekunden, welchen Prüfungen ich in einem Alter standhalten musste, in dem ein Heranwachsender über den Tod und das Böse nur das weiß, was er in Büchern findet.

Elie Wiesel
Vorwort zur katalanischen Auflage von
La Nit (Die Nacht)

GIRONA, 1990

Ursprünglich hatte ich das Antiquariat bloß betreten, um mich vor dem Regen in Sicherheit zu bringen, doch als ich wieder herauskam, hielt ich einen Schatz in den Händen.

Über Gironas Altstadt ging eine Sintflut nieder. Die von den Ziegeldächern herabstürzenden Wassermassen brachten die Kanäle zum Überlaufen und ergossen sich in Strömen von der Placeta de l'Institut Vell die Carrer de la Força hinab. Mein Mantel troff, und meine Schuhe waren pitschnass. Verzweifelt blickte ich mich nach allen Seiten um, doch ich konnte nirgends einen Balkon oder Hauseingang entdecken, wo ich mich hätte unterstellen können. Also rannte ich die Straße hinauf. Als ich in eine Pfütze trat, drang die Nässe bis zu meinen Strümpfen.

Ein Blitz tauchte die Kathedrale in helles Licht, und kurz darauf dröhnte die gesamte Altstadt. Der Regen prasselte noch heftiger. Ich lief weiter bis ans obere Ende der Straße und stand unversehens im Eingang von Cortés' Antiquariat.

Endlich im Trockenen schüttelte ich mich wie ein nasser Hund und drückte die Tür auf.

Im Laden schlug mir ein infernalischer Lärm entgegen. Unter lautem Lachen flatterten zwei Japanerinnen, ein uraltes Weiblein und eine junge Frau, zwischen den Stapeln alter Bücher und Zeitschriften umher. Überschwänglich hüpften sie von einem Bein aufs andere, tanzten und juchzten, bis ihnen vor Lachen fast die Luft ausging, dann fielen sie einander in die Arme, und das Ganze fing von vorne an. Sie konnten sich gar nicht mehr beruhigen. Der Antiquar hatte mein Eintreten nicht bemerkt. Strahlend beglückwünschte er die beiden Japanerinnen, die mit ihren hochroten Köpfen aussahen, als stünden sie kurz vor einem Herzanfall.

Da mir niemand Beachtung schenkte, verzog ich mich diskret in die Ecke mit den alten Postkarten und verschanzte mich hinter den Kästen, die der Buchhändler nach Themen und Ortschaften geordnet hatte. Achtlos ließ ich die Fotos und Ansichtskarten durch die Finger gleiten, weil ich meinen Blick nicht von den Japanerinnen abwenden konnte. Gerührt und mit Freudentränen in den Augen fielen die beiden Frauen einander abermals in die Arme. Nach einer ganzen Weile drückte ihnen der Antiquar unter tiefen Verbeugungen, die der Übergabe einen feierlichen Anstrich verleihen sollten, einen Umschlag in die Hand. Die Frauen bezahlten, und bevor sie in den Regen hinaustraten, drückten sie zu meiner wachsenden Verblüffung auch ihn an die Brust. Noch nie hatte ich eine Japanerin einen Fremden mit einer solchen Selbstverständlichkeit umarmen sehen. Cortés begleitete die beiden zur Tür und winkte ihnen nach, bis sie auf ihrem Weg die Straße hinab, unter zwei roten Regenschirmen, verschwunden waren.

Schmunzelnd trat Cortés zurück in den Laden. Mit einem ungläubigen Kopfschütteln setzte er sich und machte sich daran, die aussortierten Postkarten einzusammeln, die auf der Verkaufstheke liegen geblieben waren. Plötzlich schrak er zusammen. Er hatte mich hinter den Schachteln mit den alten Ansichtskarten entdeckt. Es hätte nicht viel gefehlt, und er wäre von seinem Hocker gefallen.

»Donnerwetter, Lluc, bist du schon lange da? Ich habe dich nicht hereinkommen sehen.«

»Lange genug, um die Sache mit den Japanerinnen mitzubekommen. Was hatte das denn zu bedeuten?«

Die beiden japanischen Touristinnen, Großmutter und Enkelin, waren in den Laden gekommen, um sich alte Postkarten anzuschauen, ein Ritual, dem sie offenbar schon seit Jahren frönten: Wo auch immer sie auf ihren Reisen hinkamen, verbrachten sie viele Stunden damit, nach alten Postkarten aus Japan zu suchen, stets voller Hoffnung, eine ganz bestimmte Ansicht ihrer Heimatstadt Nagasaki vor der Zerstörung durch eine der beiden amerikanischen Atombomben am Ende des Zweiten Weltkrieges zu finden. Erfolglos hatten sie Antiquariate in der halben Welt durchstöbert, bis sie an diesem Nachmittag, in einer Ecke des Globus, in der sie es am wenigsten erwarteten, die ersehnte Karte aufgespürt hatten. Sie hatten ihr Glück kaum fassen können!

Aller Wahrscheinlichkeit zum Trotz war den beiden Japanerinnen ein Satz mit fünf unbeschriebenen, neuwertigen Schwarz-Weiß-Postkarten in die Hände gefallen, die alle dasselbe Motiv zeigten. Auf den Karten waren eine breite Straße in Nagasaki und die Fassaden zweier Wohnhäuser zu sehen, wie sie in den zwanziger Jahren ausgesehen hatten, lange vor dem Krieg. In der unteren Ecke des Bildes konnte man rechts neben dem ersten Gebäude deutlich eine Toreinfahrt für die Warenanlieferungen sowie eine ausladende Markise aus Segeltuch erkennen, die vor einem großen Lebensmittelladen Obst- und Gemüsekisten vor Sonne und Regen schützte. Das Geschäft hatte der Familie der beiden Frauen gehört, die soeben das Antiquariat verlassen hatten. Vor dem Laden standen zwei Gestalten Hand in Hand und posierten für die Kamera: eine Frau mittleren Alters und ein kleines Mädchen, die Tochter, aus der inzwischen ebenjene japanische Großmutter geworden war, die an diesem Nachmittag in Cortés' Antiquariat in Gironas Altstadt ihrer Freude so überschwänglich Ausdruck verliehen hatte. Die Markise und der Laden, die auf den Postkarten abgebildet waren, erstreckten sich weit über das erste Wohnhaus hinaus bis ins Erdgeschoss des Nachbargebäudes. Die Detonation der Atombombe am 9. August 1945 hatte beide Häuser in Schutt und Asche gelegt und jede Spur des ungewöhnlichen Grundrisses ausgelöscht. Beim Wiederaufbau der Stadt hatten dann einflussreiche Nachbarn der Familie den Besitz streitig gemacht. Ohne Pläne und Fotos der ursprünglichen Gebäude hatten sie nie einen Beweis für ihren Anspruch erbringen können und ihre Rechte daran verloren. Die Ansichtskarten, die die beiden Frauen an diesem Tag in Girona entdeckt hatten, weckten in ihnen neue Hoffnung. Fünfundvierzig Jahre nach der furchtbaren Explosion hielt die Familie der Ladenbesitzer nun erstmals ein Beweisstück in Händen, um ihr Besitzrecht an dem Grundstück geltend zu machen.

Wie die fünf Postkarten der japanischen Stadt letztlich in Katalonien gelandet waren, blieb ein Rätsel. Und ein ebensolches Mysterium war, wieso es die beiden Frauen ausgerechnet in das Antiquariat von Cortés verschlagen hatte, dem der scheinbar uninteressante Satz Karten ein paar Monate zuvor bei der Auflösung der prächtigen Altbauwohnung einer französischen Familie im Eixample-Viertel von Barcelona in die Hände gefallen war.

Der Bericht des Antiquars ging mir unter die Haut. Mit neu erwachter Aufmerksamkeit machte ich mich abermals daran, die Kästen mit den alten Postkarten zu durchforsten. Für meine Sammlung legte ich zwei Aufnahmen aus den ersten Jahren des 20. Jahrhunderts zur Seite, die Dörfer an der Küste zeigten, beide mit einer blühenden Agave im Vordergrund und einem ausgedehnten Steinbrechteppich ringsum. Eine Serie von Schwarz-Weiß-Fotografien zeigte Frauen, die vor einer der Fabriken in der Gegend des Baix Empordà oder Selva Wein- und Sektkorken sortierten. Dann fiel mir eine Postkarte ins Auge, auf der in der Ferne mein Dorf zu Füßen der Guilleries zu sehen war, mit den schneebedeckten Gipfeln der Pyrenäen im Hintergrund. Als Letztes öffnete ich eine Schachtel, die randvoll war mit Postkarten von Landstraßen. Ich blätterte durch Bilder von Berg- und Küstenstrecken, von Straßen, die sich wie Flüsse durch die Täler schlängelten, und anderen, die auf geradem Wege die weiten Ebenen des Landes durchmaßen, von asphaltierten Fernstraßen und Schotterpisten aus Kieseln oder vulkanischem Gestein, von Straßen, die sich schnurgerade durch Maisfelder zogen oder als verschlungene Waldpfade zu den Pässen des Hochgebirges emporklommen.

Und dann erblickte ich plötzlich die Landstraße mit den Bäumen. Das Schwarz-Weiß-Foto war gestochen scharf, und es bestand kein Zweifel: Diese Landstraße war unverwechselbar. Im Vordergrund lag die pfeilgerade Platanenallee, die zwischen den Baumschonungen hindurchführte. Dahinter kamen die Abzweigung zum Dorf, der Kanal, die Stelle mit dem Badesee und schließlich die ersten Kurven, die zwischen Eichen und Steineichen in die Berge hinaufführten. Ich stieß einen Freudenschrei aus, und Cortés zuckte zusammen.

»Was ist?«

»Diese Buchhandlung wurde von einem Engel berührt«, erklärte ich andächtig.

Ich bezahlte die Postkarten und trat hinaus auf die Straße. Nun, da ich das Antiquariat verließ, beherrschte mich nur ein einziger Gedanke: Ich musste den kostbaren Fund Senyora Stendhal zeigen. Bevor ich mich auf den Heimweg machte, würde ich also in der Wohnung an der Plaça de Sant Agustí vorbeischauen.

Der Wolkenbruch wollte kein Ende nehmen. Ich steckte den Umschlag mit den Postkarten in die Innentasche meines Mantels und eilte, ungeachtet des Unwetters, die Straße hinab. Unterwegs war keine Menschenseele zu sehen. Die Touristen waren wie vom Erdboden verschluckt, und die an Überschwemmungen gewöhnten Einheimischen standen zu Hause hinter den Fenstern und beäugten sorgenvoll den Regen. An der Treppe bei der Alten Post wurde der Sturzbach, der die Carrer de la Força hinabrauschte, zum Wasserfall, und ich spürte erneut, wie die Nässe in meine Schuhe drang. Unbeirrt hastete ich weiter. Auf der Sant-Agustí-Brücke attackierte mich der vom Wind gepeitschte Regen von der Seite. Der Wasserstand des Onyar streifte schon die verglasten Veranden der Häuser. Als ich endlich die Arkaden der Plaça de Sant Agustí erreicht hatte und ins Trockene trat, sah ich, wie hinter dem letzten Bogen in einer Touristengruppe, die soeben in einen Reisebus stieg, zwei rote Regenschirme zusammengefaltet wurden.

Das Restaurant Stendhal lag im Halbdunkel, und ein Kellner, der hinter der Theke Gläser abtrocknete, teilte mir mit, Senyora Stendhal sei zur Plaça de Sant Pere gegangen, um Maria einen Besuch abzustatten. Ich eilte die Treppen hinauf und betrat die Wohnung. Senyora Stendhal hatte die Wohnzimmervorhänge zur Seite geschoben und sämtliche Rollläden hochgezogen. Das Unwetter über der Altstadt auf der anderen Flussseite bot einen spektakulären Anblick. Voller Ungeduld, die Postkarte genauer betrachten zu können, holte ich die Lesebrille aus dem Schreibtisch, kehrte dem Platzregen, der auf die Ziegeldächer der mittelalterlichen Stadt niederging, den Rücken und ließ mich in einen Sessel sinken. Ich holte die Ansichtskarte der Landstraße mit den Bäumen aus der Tasche und hielt sie unter Senyora Stendhals Leselampe auf dem Beistelltischchen. Eingehend musterte ich die Abbildung, und als ich darauf das kleine weiße Haus entdeckte, erfasste mich eine Welle von Heimweh. Es sah genauso aus, wie ich es in Erinnerung hatte. Umgeben von Bäumen lag es auf der rechten Seite der schnurgeraden Platanenallee, die über die Abzweigung zum Dorf hinaus bis zum Fuß der Berge führte. Die Rosenstöcke beiderseits der Haustür, die ein Kiesweg mit der Landstraße verband, waren klar und deutlich zu erkennen. Hinter dem Haus waren der Brunnen und der majestätische Kirschbaum, der den Nutzgarten beherrschte. Das Foto musste irgendwann im September aufgenommen worden sein, denn die Bäume verloren schon die ersten Blätter, und unter den Platanen lag bereits reichlich trockenes Laub.

Erster Teil

Das Haus an der Landstraße mit den Bäumen

1

Im Dorf hatte die göttliche Ordnung zwei Vertreter: Sabater und Ros. Antònio Sabater und Pere Ros, die beiden Großgrundbesitzer der Gegend, teilten sich die Hälfte der Ländereien, wechselten einander im Bürgermeisteramt ab, legten Recht und Gesetz aus, wie es ihnen passte, und sicherten sich so die Kontrolle über das Dorf. Nur diese beiden durften dank eines verbrieften Nutzungsrechtes Wasser aus dem Kanal, der das Elektrizitätswerk der Familie Ribot speiste, zu ihren Feldern und Schonungen leiten. Isidre Ribot war der Einzige, dessen Vermögen noch größer war als das ihre, doch er lebte in der Stadt und interessierte sich nur am Rande für die Angelegenheiten des Dorfes. Und so konnten Sabater und Ros nach Gutdünken schalten und walten. Hätten sie gewusst, dass der Großvater ihnen Wasser stahl, hätten sie seine Bäume ausgerissen und ihn einsperren lassen. Aber der Großvater hatte keine Angst vor ihnen. Wenn er sah, dass seine Pappeln aus Wassermangel ihre Blätter abwarfen, schlich er sich nachts zum Kanal und zweigte etwas von dem kostbaren Nass zu seinem kleinen Wäldchen ab.

Der Sommer 1942 war ungewöhnlich trocken und heiß gewesen. Jeden Nachmittag blickten wir zum Himmel hinauf und flehten die Gewitterschauer herbei, die gewöhnlich Ende August niedergingen, in diesem Jahr aber ausblieben. Doch alle Gebete waren umsonst.

»Wenn es jetzt nicht regnet, bekommen wir bis nach dem Patronatsfest nicht einen Pilz zu sehen«, behauptete der Großvater mit dem für ihn üblichen Nachdruck. Später, in der Nacht, ging er dann fort und kehrte erst im Morgengrauen wieder heim.

Schon seit drei Nächten stahl er sich hinaus. In unserer gemeinsamen Kammer stellte ich mich schlafend, doch sobald ich die Küchentür, die in den Gemüsegarten führte, ins Schloss fallen hörte, stand ich auf und schaute ihm aus dem Fenster nach, wie er auf die Bäume zuging und in Richtung Kanal verschwand.

Wie immer sollte der Großvater recht behalten. Zur Feier des Patronatsfests gab es tatsächlich nicht einen mickrigen Pilz zum Festschmaus. Stattdessen kamen in diesem Jahr in den Schmortopf reichlich Knoblauchknollen, viele kleine Zwiebeln, Karotten, Tomaten und ein Huhn, das wir erst im allerletzten Moment auf dem Hof der Familie Xapo gekauft hatten, um die Illusion aufrechtzuerhalten, wir hätten etwas zu feiern. Es war der zweite Sonntag im Oktober. Vor gut zwanzig Tagen hatte die Schule begonnen, und ich fand diesen scheinbar nie enden wollenden Sommer einfach herrlich.

Zum ersten Mal seit dem Tod meiner Mutter besuchte ich nicht das Internat, sondern die Dorfschule. Dort fühlte ich mich auf Anhieb pudelwohl. Jeden Morgen brachte mich Dani auf dem Motorrad, das er in geduldiger Kleinarbeit zusammengebastelt hatte, wenn in der Werkstatt sonst nichts zu tun war, ins Dorf. Unterwegs umklammerte ich seine Taille und drückte, wenn es windig war, die Nase in seine schwarze Lederjacke. Und sobald wir dort ankamen, überquerte ich strammen Schrittes den Schulhof, und war mir nur zu bewusst, dass ich alle Blicke auf mich zog.

Mein Einstieg an der Schule hätte nicht besser verlaufen können. Der Oktober war noch nicht ganz zu Ende, und schon hatten mich die Jungen zu ihrem Anführer gewählt. Aber ich machte mir nichts vor. Ich wusste nur zu gut, dass mir diese Ehre nur zuteilwurde, weil ich mit dem Motorrad kam und weil Dani es war, der mich brachte. Er besaß in der Schule noch immer einen legendären Ruf, und seit er für alle vollkommen überraschend abgegangen war, um sich in der Dorfwerkstatt als Mechaniker zu verdingen, war der Mythos um ihn noch gewachsen. Genau genommen war der Wortführer der Schule also der Junge, der auf Danis Motorrad kam.

Jeder Morgen verlief nach dem gleichen Muster. Zum ersten Mal, seit meine Mutter an jenem vermaledeiten letzten Kriegstag gestorben war, sprang ich glücklich aus dem Bett. Ich hockte mich auf die alte Küchenbank und wartete, bis Dani mit seiner schwarzen Lederjacke und der deutschen Motorradfahrerhaube, die er eines Samstags auf dem Markt in der Stadt gekauft hatte, herunterkam. Wir frühstückten gemeinsam, er ein Glas Wein und Tomatenbrot mit Speck, ich warme Milch und geröstetes Brot mit Marmelade. Im

September hatten wir Brombeermarmelade und Gelee aus Honig- und Wassermelone eingekocht, während wir vergeblich auf den Regen warteten. Senyora Stendhal, Danis Mutter, besaß ein ausgesprochenes Händchen in der Küche. Nicht umsonst sagten die Männer, die immer zum Essen kamen, zu ihr: »Annie, dich sehen wir mit Sicherheit irgendwann am Herd eines Restaurants in der Stadt.«

»Dafür sorge ich schon, und zwar bedeutend früher, als ihr meint«, gab ihnen Dani jedes Mal zur Antwort.

So redete er immer. Er strahlte eine ungeheure Selbstsicherheit aus und hatte mir damit darüber hinweggeholfen, dass meine Mutter nicht mehr da war.

Auch der wohlige Duft von Danis Mutter, der mir jeden Morgen in die Nase stieg, wenn sie sich an der Tür des kleinen weißen Hauses von uns verabschiedete, bevor wir auf dem Motorrad davonfuhren, gab mir das Gefühl, zu Hause zu sein. Ich saß schon auf dem Rücksitz, wenn ich meine Arme um Senyora Stendhals Taille schlang und den Kopf an ihre Brust lehnte, während sie mir mit der Hand das Haar zerzauste und über die Wange strich. Dann hob sie mein Kinn an und gab mir einen Kuss auf die Stirn. Jedes Mal, wenn das Motorrad losfuhr, war ich noch einen Moment ganz benommen, bis der Fahrtwind, der zwischen den Alleebäumen hindurchpfiff, meine Lebensgeister weckte. Dann krallte ich mich an Danis Lederjacke fest, legte den Kopf in den Nacken, um den Lufthauch im Gesicht zu spüren, und sah zu, wie die Platanen blitzschnell vorüberzogen. Sie zerteilten die Felder in einzelne Abschnitte, wie bei den Bildern der alten Stummfilme, die sonntags im Gemeindesaal der Pfarrei gezeigt wurden und uns immer zum Lachen brachten.

Die ganze lange, schnurgerade Platanenallee saß ich so da, mit dem Kopf im Nacken und dem Wind im Gesicht, bis wir drei Kilometer weiter bergab die Kreuzung erreichten und die Abzweigung nach rechts in Richtung Dorf nahmen. Am Ortseingang, an der Ecke der Carrer de l'Església, die zum Dorfplatz führte, drosselte Dani das Tempo, setzte ein strahlendes Lächeln auf und grüßte die Bäckerstochter mit den langen Zöpfen. Dann gab er wieder Gas und hielt erst kurz vor dem anderen Ende des Dorfes erneut an, wo er mich vor dem Schultor absteigen ließ.

2

In der Hitze hatten die Platanen an der Landstraße und die Pappeln in den Schonungen vorzeitig ihre Blätter verloren. Wenn wir frühmorgens zur Schule fuhren, glitt das Motorrad auf einem Teppich aus Brauntönen dahin, und in der Ebene herrschte eine so tiefe Ruhe, dass es schien, als wäre das Leben zum Stillstand gekommen.

Gelegentlich blies allerdings ein kräftiger Wind und wirbelte die Blätter auf. Dann schlang ich meine Arme fester als sonst um Danis Taille und presste meine Nase an seine schwarze Lederjacke. Doch das war später, im November, wenn der Regen kam und die Temperaturen mit dem Nordwind urplötzlich fielen. An solchen kalten Tagen hüllte mich Senyora Stendhal in einen molligen Wollpullover und einen Schal, die sie an den Abenden für mich gestrickt hatte, an denen der Großvater und Dani ausgingen und sie zu Hause nicht eher schlafen ging, bis die beiden wieder da waren. Wenn sie mir am Rand der Landstraße den Abschiedskuss gab, wäre ich am liebsten einfach stehen geblieben, stundenlang. Es hätte mir nichts ausgemacht, die Bolzerei auf dem Schulhof zu versäumen. Oder die heimlich auf dem Klo in der hintersten Ecke des Schulhofs gerauchten Zigaretten, die wir uns mit dem Tabak drehten, den der Sohn von Sabaters Verwalter seinem Vater mopste.

An den Tagen, an denen der Wind wütend die Berghänge hinabfegte, wäre es mir sogar egal gewesen, einmal nicht mit dem Motorrad zur Schule zu fahren. Am liebsten hätte ich es gehabt, wenn die Zeit stehen geblieben wäre, damit ich einfach dort hätte bleiben können, an der Tür des kleinen weißen Hauses, in Senyora Stendhals Armen, in einer Wolke dieses Duftes, der so süß war, dass mir schwindelte. Es hätte mir nichts ausgemacht, nicht auf die Landstraße einzubiegen, die die Ebene durchschnitt und bis zum Ende der langen Geraden beiderseits von riesigen Platanen gesäumt war. Die Straße führte noch ein ganzes Stück über die Abzweigung zum Dorf hinaus, fast so weit, wie das Auge reichte. Erst dort hinten, wo ich noch nie gewesen war, wichen die Bäume zur Seite, und die Landstraße wand sich zwischen Eichen- und Steineichenwäldern zu den Bergen hinauf, bis sie nicht mehr zu sehen war.

3

Der Großvater hatte gelernt, im Haus nicht aufzufallen. Er war wie eins der Tiere auf den Schautafeln in der Schule, wie die erdfarbenen Fische, die sich zur Tarnung in den Sand eingraben, oder die grünen Insekten, die sich an die Pflanzen schmiegen, bis sie aussehen, als wären sie ein Teil von ihnen. Genauso war auch der Großvater an den Tagen, an denen die Männer aus der Stadt zum Essen kamen. Dann setzte er sich in die Küche, drückte den Rücken durch, lehnte sich mit stocksteifen Gliedern auf der Bank zurück und machte sich unsichtbar, als gehörte er zum Mobiliar. Seine Kleidung war so farblos, dass sie mit den Vorhängen verschmolz und sich kaum von der abgenutzten Wachstuchdecke abhob.

Bei diesen Gelegenheiten erlaubte er sich nicht das kleinste Blinzeln. Man hätte meinen können, dass er nicht einmal atmete. Stunde um Stunde konnte er so dasitzen, so lange, bis die Männer wieder gingen. Er schaute abwesend vor sich hin, und wenn man ihn ansprach, gab er keine Antwort.

Er wirkte wie einer der Jungen, die nicht hören, nicht sprechen und nichts von dem begreifen, was um sie herum geschieht.

So einen gab es in der Schule, Ton aus Feixes' Mühle. Der hatte im Krieg mit angesehen, wie die Soldaten seinen großen Bruder umbrachten und sich auf seine Schwester stürzten, die um sich schlug wie ein wildes Tier, bis einer der Männer ihr einen Fausthieb gegen den Kopf versetzte und sie bewusstlos im Hof liegen ließ. Einer nach dem anderen hatten sich die Soldaten daraufhin über das Mädchen hergemacht, während ihre Mutter sich flehend und kreischend auf den Boden warf und sich wie eine Irrsinnige gebärdete. Hinterher hatte das Mädchen aufgehört zu atmen, und die Mutter nahm das Seil, mit dem sonst die Stute festgebunden wurde, schlang es sich um den Hals und hängte sich an einem Balken auf. Ton hatte noch eine ganze Weile auf sie eingeredet und sie gebeten, doch wieder herunterzukommen und etwas zu sagen, aber sie hing mit offenem Mund da, den leeren Blick auf einen Punkt in weiter Ferne gerichtet, einen Punkt, der vielleicht gar nicht existierte. Sie antwortete nicht mehr. Da stieß Ton einen markerschütternden Schrei aus. Fortan brachte auch er nie wieder ein Wort über die Lippen, nicht einmal, als er einem Arzt in der Stadt vorgestellt wurde. Im Unterricht antwortete er dem Lehrer nur schriftlich, und in den Pausen saß er in einer Ecke, und keiner wagte es, ihn zu stören. Niemand wusste, was ihm durch den Kopf ging. Ich hatte den Eindruck, als würde er immer wieder auf den Hof zurückkehren, zu seiner Mutter mit dem leeren Blick, die sich weigerte, ihm zu antworten. Genau wie der Großvater, als er eines Tages zu dem Schluss kam, er habe genug, und sich ebenfalls aufhängte.

Doch das war später. Im Moment begnügte sich der Großvater damit, sich in Schweigen zu hüllen, wenn die Männer kamen. So wie Ton aus Feixes' Mühle, der mit keiner Menschenseele mehr gesprochen hatte, seit seine Mutter an einem Balken hing und ihre Füße genau auf seiner Augenhöhe baumelten.

4

So verhielt sich der Großvater nur im Haus, wenn Sabater und Ros mit den Männern aus der Stadt hinter verschlossenen Türen in der Stube tafelten und sich bis zum Abend nicht vom Tisch erhoben. Sobald wir allein waren und auf der langen, schnurgeraden Allee keine Menschenseele zu sehen war, schien er wie verwandelt. Wenn ich mit ihm nach draußen in den Gemüsegarten oder zur Pappelschonung ging, redete er wie ein Wasserfall. Und ich hing an seinen Lippen.

»Gott sei Dank. Morgen bekommen wir Regen«, sagte er eines Tages. Er musste nicht mal zum Himmel aufschauen. Es genügte ihm, zu riechen, dass die Luft feuchter war als sonst, und zu hören, wie der Wind in den spärlichen Blättern rauschte, die noch an den Bäumen hingen.

Er sollte recht behalten. Wenn es ums Wetter ging, irrte sich der Großvater nie. In den vielen Stunden, die er in den Bergen unter freiem Himmel verbracht hatte, drei lange Jahre ständig auf der Flucht, immer unterwegs von einem

Versteck ins andere, hatte er mehr gelernt als in seinem ganzen früheren Leben als Lehrer in der Stadt. Bei uns zu Hause, an der Landstraße mit den Bäumen, fiel nie ein Wort über die republikanischen Soldaten, die sich am Ende des Krieges in die Wälder geschlagen hatten. Und so hatte es eine Weile gedauert, bis ich herausfand, dass der Großvater erst hatte aus den Bergen zurückkommen können, als Senyora Stendhal ihn mit einer offiziellen Genehmigung holen ging. Die Leute im Dorf waren ziemlich überrascht zu hören, dass der Zivilgouverneur das Papier höchstpersönlich unterschrieben hatte, und noch seltsamer fanden sie das Gerücht, er habe den Erlass auf ein Empfehlungsschreiben von Ros ausgestellt. Das konnten sich die Leute nicht erklären, und ich verstand es ebenso wenig, weil Dani doch immer sagte, die Welt wäre für Leute wie uns nur dann gut, wenn es weder einen Sabater noch einen Ros gäbe.

Als seine Tochter Annie ihm den Passierschein in die Berge brachte, traute der Großvater der Sache anfangs nicht, doch nach ein paar Tagen ließ er sich überzeugen und stieg schließlich in die Ebene hinab. Er näherte sich bedächtig dem Haus, richtete sich jedoch zunächst ein Versteck hinter dem Brunnen ein. Eines Abends betrat er dann zur Essenszeit die Küche, streckte sich auf der Bank aus und schlief ein. Am nächsten Tag machte Senyora Stendhal ihm das Bett in der Kammer, in der auch ich wohnte, seit sie mich im Juni aus dem Internat geholt hatten.

Der Großvater war nicht mein Großvater. Er war Danis Großvater und der Vater von Senyora Stendhal, aber ich sagte auch »Großvater« zu ihm. Jedes Mal, wenn wir im Garten waren, wirkte er wie ein anderer Mensch.

»Morgen bekommen wir Regen«, hatte er damals gesagt,

und tatsächlich hatte es tags darauf zum ersten Mal nach einer fünf Monate dauernden verheerenden Dürre geregnet. Da sah der Großvater so glücklich aus wie noch nie.

Es war am Tag von Allerseelen, und er war den ganzen Vormittag verschwunden gewesen. Ich erinnere mich noch so genau daran, weil er nicht dabei war, als Senyora Stendhal mich beim Mittagessen für meine Mutter beten ließ. Kaum waren wir nach dem Essen vom Tisch aufgestanden, da setzte ein ergiebiger Regen ein, und ich konnte von der Küche aus sehen, wie der Großvater durch die Reihen von Kohl und Brokkoli spazierte, die er behutsam berührte, als streichelte er ein Kind. Später kam er triefnass ins Haus und hinterließ Schlammspuren auf dem Küchenboden. Seine Tochter schimpfte ihn aus, doch ich glaube, das bemerkte er nicht einmal. Jedenfalls war es nicht wie sonst, wenn Sabater oder Ros mit den Männern aus der Stadt kamen und er wirkte, als wäre er nicht ganz richtig im Kopf. Diesmal wirkte er bedeutend fröhlicher.

5

Jedes Mal, wenn Dani mich vor der Schule absetzte, ließ er den Motor laufen. Er half mir, den Ranzen auf den Rücken zu schnallen, versetzte mir einen Klaps auf die Schulter, der mich irrsinnig stolz machte, warf einen raschen Blick auf das Schulgebäude, dann gab er Gas und fuhr zur Werkstatt, ohne sich noch einmal umzudrehen. Das Ganze dauerte nur ein paar Sekunden, gerade lange genug, dass die anderen Jungen auf das Motorrad, die Lederjacke und die deutsche Motorradfahrerhaube aufmerksam wurden. Alles ging so schnell, dass der Neid meiner Klassenkameraden nur noch größer wurde.

Ich hatte nie den Mut, Dani zu fragen, warum er die Schule verlassen hatte, und wusste daher nicht, wie ich die Worte des hageren Lehrers deuten sollte, der ständig hustete und mich immer mit einer besonderen, mir unverständlichen Zuneigung behandelte.

»Es gibt keinen Zweiten, der Gedichte so rezitiert wie Dani«, sagte er eines Tages leise.

Dann legte er mir den Arm um die Schulter und begleitete mich zum Klassenzimmer, das Dani für die Arbeit in der Werkstatt aufgegeben hatte.

Manchmal bekam ich mit, wie Dani sich zum Schreiben in die Stube zurückzog, die Senyora Stendhal sonst nur aufschloss, wenn die Männer ins Haus kamen. Dann verrammelte er alle Türen und Fenster, wie wir es im Sommer taten, um uns an sonnigen Tagen vor der Hitze zu schützen. Wenn Dani schrieb, machte er es genauso: Er schloss sich ein, als wollte er einer Welt, die er nicht zu sich hineinlassen mochte, den Weg versperren. Er hatte eine wunderschöne Handschrift, ungewöhnlich ordentlich. Kein Mensch wäre auf die Idee gekommen, dass es die Schrift eines Mechanikers war. In meiner Klasse jedenfalls schrieb niemand so deutlich. Und möglicherweise auch in keiner anderen.

Ich war der Einzige, der das Zimmer betreten durfte, wenn Dani schrieb. Er saß neben dem Büfettschrank, unter einer funzeligen Glühbirne, die kaum fünfzehn Watt hatte. Bei ihrem ständigen Flackern war es nicht leicht, sich zu konzentrieren. Wenn ich in den Raum kam, tat er, als sähe er mich nicht, und schrieb weiter, bis er seinen Satz beendet hatte. Erst dann lehnte er sich mit einem zufriedenen Lächeln auf dem Stuhl zurück und drehte sich zu mir um, um mir eine der Seiten zu zeigen, die er in seiner akkuraten Handschrift vollgeschrieben hatte.

»Wenn ich doch nur die richtigen Worte finden würde. Aber sie entgleiten mir«, sagte er manches Mal betrübt. »Wenn ich sie festhalten könnte, dann stünde meine Mutter bald in einem anständigen Gasthaus am Herd, du könntest eine gute Schule bei den Mönchen besuchen, und ich ... Ich hätte vielleicht helleres Licht zum Schreiben.«

Dabei strich er über den Rücken eines alten, zerfledderten Gedichtbandes, den er jedes Mal neben sich auf den Tisch legte, wenn er schrieb. Es war das einzige Buch, das ich je im Haus gesehen habe. In der anderen Hand hielt er die Blätter, die er gerade beschrieben hatte, und las mir ein paar Absätze vor. Ihren Sinn verstand ich jedoch nicht.

Doch obwohl ich mir keinen Reim darauf machen konnte, fand ich seine Stimme sehr beruhigend. Sie sorgte dafür, dass ich mich mit jedem Tag ein Stück sicherer fühlte. Dann fiel mir der hagere Lehrer ein, der Dani jeden Morgen auf dem Schulhof hustend nachschaute, wenn dieser mit dem Motorrad davonbrauste, und dann mit flackerndem Blick die Landstraße absuchte, die sich am Ende der schnurgeraden Platanenallee zwischen Eichen- und Steineichenwäldern in die Berge hinaufwand, bis sie nicht mehr zu sehen war.

»Keiner rezitiert Gedichte so wie er«, sagte er jedes Mal, wenn er mir den Arm um die Schulter legte und mich zur Klasse führte. »Keiner in der ganzen Schule, da kannst du dir sicher sein.«

Und ich brannte vor Neugier, ihn zu fragen, warum Dani die Schule verlassen hatte.

6

Am 8. Dezember, dem Tag der Unbefleckten Empfängnis, kamen die Freundinnen meiner Mutter zu Besuch. Beim Mittagessen plauderten sie, und ihr Lachen war noch auf der anderen Seite der Landstraße zu hören. Sie wirkten stets fröhlich. Seit Kriegsende kamen sie ein-, zweimal im Jahr ins Dorf, Anfang Dezember oder in der Karwoche, an Tagen der Andacht, an denen nicht gearbeitet wurde. Sie trugen gewagt gemusterte Kleider, dufteten herrlich und lachten über alles und jedes. Ihre Lieder erfüllten das Häuschen an der Platanenallee mit Leben, und Senyora Stendhal war jedes Mal bester Laune. Die heitere Feier zog sich bis in die Abendstunden, und zum Abschied fielen sie sich in die Arme und versprachen unter Tränen, dass sie sich schreiben würden, um einander auf dem Laufenden zu halten.

An die drei oder vier älteren Frauen konnte ich mich noch gut erinnern, denn sie waren im Alter meiner Mutter und hatten sie, als sie noch da war, oft nachmittags in unserer

Wohnung an der Plaça de Sant Pere in Girona besucht. Von den jüngeren Nachbarinnen war mir jedoch nur ihr Duft nach Rosenwasser im Gedächtnis geblieben, denn sie waren immer parfümiert gewesen, wenn wir ihnen auf der Treppe begegneten und sie sich darin überboten, mich zu herzen und zu küssen. Doch seit der letzten Begegnung im Treppenhaus waren mehr als dreieinhalb Jahre vergangen, und ich mochte es inzwischen nicht mehr, wenn mir Frauen durchs Haar fuhren oder mich neckten. Mit Ausnahme von Senyora Stendhal natürlich.

Dani allerdings wich den jungen Frauen nicht von der Seite. Er ließ sich die zärtlichen Gesten gerne gefallen und schäkerte mit den Mädchen, die ihm die ganze Zeit schöne Augen machten. Senyora Stendhal tat, als passte ihr das nicht.

»Hört auf. Ihr verzieht mir den Bengel noch.«

Da brach Dani in schallendes Gelächter aus. Er dachte gar nicht daran, auch nur einen Fuß vor die Tür zu setzen, bis es dämmerte und sich die Freundinnen meiner Mutter auf den Rückweg in die Stadt machten.

Wir begleiteten sie durch die Felder und Baumschonungen, denn der Bahnhof lag außerhalb des Dorfes, noch hinter der Waschstelle am Kanal, auf der anderen Seite des Wasserkraftwerks, und die jungen Frauen wollten im Dorf nicht gesehen werden. Sie hakten sich unter und spazierten Arm in Arm, und auf dem halben Weg tastete auch ich nach Senyora Stendhals Hand, weil es inzwischen stockduster geworden war.

Am Bahnhof kam Maria, eine der Freundinnen meiner Mutter, zu Senyora Stendhal und flüsterte ihr ins Ohr:

»Heute früh war ein Mann im Zug, der uns nicht aus den

Augen gelassen hat. Er ist mir den ganzen Tag nicht mehr aus dem Kopf gegangen. Ich habe hin und her überlegt, bis ich darauf gekommen bin, wo ich ihn schon einmal gesehen habe. Jetzt bin ich mir sicher: Es war der Mann, der Rossa erschossen hat.«

Mein Herz machte einen Sprung: Rossa war meine Mutter. Sie hieß eigentlich Estrella, aber ihre Freundinnen hatten sie immer Rossa genannt, Blondschopf. Dieser Spitzname war sicher ein Scherz gewesen, denn meine Mutter hatte nicht nur einen dunklen Teint gehabt, auch ihr langes Haar war so schwarz gewesen wie die finsterste Nacht.

Nachdem die Freundinnen meiner Mutter in ihren Zug gestiegen waren, kam Dani, um uns abzuholen. Wir fuhren zu dritt auf seinem Motorrad nach Hause. Senyora Stendhal duftete nach Rosen. Nach dem Mittagessen hatten die jungen Frauen sie parfümiert und ihr die Lippen geschminkt. Doch nun lachte sie nicht mehr. Während des ganzen Abendessens sprach sie kein einziges Wort. Nur Dani erinnerte sich anscheinend noch an das heitere nachmittägliche Geplänkel mit den jungen Frauen und war bester Dinge. Ich dagegen dachte wie Senyora Stendhal schweigend darüber nach, was die Frau bei unserer Ankunft am Bahnhof gesagt hatte. Mehr als drei Jahre waren vergangen, seit ich den Spitznamen meiner Mutter zuletzt gehört hatte. Vielleicht sind mir Marias Worte deshalb so gut im Gedächtnis geblieben. Noch heute sehe ich die Szene oft vor mir, wenn ich nachts nicht schlafen kann, wie Maria an Senyora Stendhal herantritt und sagt:

»Jetzt bin ich mir sicher. Es war der Mann, der Rossa erschossen hat.«

An der Rückseite des Hauses hatte Senyora Stendhal einen Rosenstock angepflanzt, dessen samtige rote Rosen an einem Spalier über der Küchentür hochrankten. Ein weiterer Rosenstock, mit gelben Blüten, die so prall waren, dass man sie für Pfingstrosen hätte halten können, kletterte am Aufbau des Brunnens empor. Den Ableger dafür hatte ihr der Großvater von der Hecke des Wasserkraftwerks mitgebracht, die im April, wenn sie in voller Blüte stand, wie ein einziges Blütenmeer aussah. Vor dem Haus beiderseits des Kieswegs, der zur Landstraße mit den Platanen führte, waren noch mehr Rosenstöcke: in Weiß, Fuchsia, Orange und Rosa, solche mit zweifarbigen Rosen, in Gelb und Kürbisorange, und solche in allen nur erdenklichen Rottönen, vom dunkelsten Blutrot bis zum zartrötlichen Schimmer einer windigen Abenddämmerung. Senyora Stendhal pflanzte Ableger in Töpfe und Dosen, die sie den Freundinnen meiner Mutter schenkte, wenn diese zu Besuch kamen. Sie sollten sie an uns erinnern. Mit dem Anbruch der schönen Jahreszeit erblühten dann beim Waschbecken in ihrer Wohnung an der Plaça de Sant Pere die Rosen und sorgten dafür, dass die Frauen das leuchtende Farbmosaik von Senyora Stendhals Garten an der Landstraße mit den Bäumen nicht vergaßen.

7

Jeden Montag und Donnerstag gingen die Frauen aus dem Dorf zum Waschen hinunter an den Kanal. Sie nannten ihn »Sequia«, nur Sabater und Ros, die sich jederzeit daraus bedienen konnten, um die Bäume und Maisfelder ihrer Höfe zu bewässern, sagten »Kanal«, genau wie der Großvater, der heimlich Wasser abzweigte, weil er der Meinung war, der Zugang zum Bewässerungsgraben stehe auch ihm zu. Er sagte immer, früher hätten ihm die Bäume bis hin zum Kanal gehört, bis Sabaters Männer eines Nachts in aller Stille die Grenzsteine versetzt hätten. Daher sei es sein gutes Recht, auch seinen Grund und Boden zu bewässern.

An den Waschtagen ging Senyora Stendhal, sobald wir auf Danis Motorrad in Richtung Schule abgebraust waren, ins Haus, zog die Betten ab, stopfte die Laken zusammen mit der schmutzigen Kleidung in den Zuber, packte ihn und verließ das Haus durch die Gartentür, um zur Waschstelle zu gehen.

In den Ferien begleitete ich sie gern. Vom Haus an der Landstraße war es ein ordentlicher Fußmarsch, zuerst durch die Schonungen und dann querfeldein, immer am Kanal entlang. Sobald die Bäume hinter uns lagen und wir zu den Maisfeldern kamen, konnten wir sehen, wie sich von der anderen Seite des Dorfes her eine Kolonne winzig kleiner Gestalten auf die Waschstelle zubewegte, wie bei einer Prozession. Es waren die Frauen, die durch die unzähligen Terrassengärten herabstiegen, die hinter dem Schulhof am Hang lagen. Alle trugen einen Zuber auf dem Kopf oder unter dem rechten Arm.

Die Waschstelle war ein Steg am Bewässerungskanal. Dort droschen die Frauen mit einem Stück Holz auf die eingeseiften Wäschestücke ein, als wollten sie sie verprügeln. Senyora Stendhal kam immer als Erste und hielt ihrer Cousine, Tante Montserrat, einen Platz frei. Die Ärmste musste jedes Mal Schwerstarbeit verrichten, um die rußgeschwärzte Kleidung ihres Mannes wieder sauber zu bekommen, denn der war der Dorfschmied. An dem Anblick, wie die Frauen die Laken im Wasser des Kanals ausspülten, konnte ich mich nicht sattsehen. Sobald sie die Wäsche eingeseift und mit dem Holzstück gewalkt hatten, hoben sie sie an einem Ende hoch und schlugen sie aus, als wollten sie sie auf dem Wasser ausbreiten, genau wie es der Großvater mit seinem Netz tat, wenn er im Sommer am Fluss auf Barbenfang ging. Sobald die Laken auf der Wasseroberfläche lagen, zog die Strömung sie mit sich fort, bevor sie untertauchen konnten. Wenn die Frauen bemerkten, dass sich der Stoff spannte, holten sie ihn mit einem entschiedenen Ruck wieder ein und wiederholten das Ganze so lange, bis die Kleidungsstücke ausgespült waren.

Am letzten Donnerstag vor Weihnachten ging ich wieder einmal mit Senyora Stendhal zum Kanal. Die Schule war geschlossen, Dani war außerhalb des Dorfes auf Montage, und ich hatte nichts Besseres zu tun. Es war schneidend kalt. Schnee lag in der Luft. Kaum hatten wir das kleine Wäldchen hinter uns gelassen, lagen die Wegesränder sowie die Luzernen- und Rübenfelder unter einer Schicht von weißem Raureif, der bei den ungewöhnlich tiefen Temperaturen dieses Dezembers den ganzen Tag nicht schmolz. Unterhalb der Waschstelle waren Pfützen, die aussahen wie aus Glas. Ich hockte mich hin und vertrieb mir die Zeit damit, mit einem Stein das Eis kleinzuhacken. Die Frauen vergaßen mich, und ich hörte, wie Tante Montserrat mit bebender Stimme sagte: »Angeblich sind Soldaten aus der Stadt hergebracht worden, um am Pas dels Frares eine Treibjagd zu veranstalten. Heute früh stand die Guardia Civil an der Tür von Sabaters Hof, Polizisten von außerhalb, und in ihrer Begleitung Männer in Zivil.«

Senyora Stendhal verzog abfällig das Gesicht und zerrte vor Unmut so heftig an ihrem Leintuch, dass sie es zerknüllte.

»Sie lassen sie wohl niemals in Ruhe. Nicht mal an Weihnachten! Dani meint, es seien immer mehr Leute in den Bergen, aber das ist nicht wahr … Sie bringen sie doch alle um.«

Als sie das Laken erneut über dem Wasser ausschlug, glitt es ihr aus den Händen.

»Verdammt noch mal!«, fluchte sie.

Tante Montserrat konnte den Stoff gerade noch rechtzeitig erhaschen. Sie drückte ihrer Cousine einen Zipfel des Lakens in die Hand und schimpfte mit ihr.

»Du musst es schon festhalten, wenn du es nicht verlieren willst!«

Doch als sie Senyora Stendhals tränenfeuchte Augen sah, sagte sie aufmunternd:

»Ein Glück, dass dein Junge nicht da ist. Dass er gerade jetzt einen Lastwagen in die Stadt bringen soll, ist für euch ein Segen! Den Ärmsten da geht es längst nicht so gut«, sagte sie und deutete auf zwei weinende junge Frauen, die bebend am anderen Ende der Waschstelle standen. Seit dem Ende des Krieges hielten sich ihre Männer in den Bergen versteckt und weigerten sich, ihre Waffen niederzulegen, da sie sicher waren, dass Sabater sie würde erschießen lassen, sobald sie auch nur einen Fuß ins Dorf setzten.

Senyora Stendhals trauriger Blick ruhte noch immer auf den beiden jungen Frauen, als Tante Montserrat bemerkte, dass Sabaters Dienstmädchen an sie herangerückt war, um das Gespräch zu belauschen. Sie machte ihrer Cousine ein Zeichen, und beide verstummten.

Auf dem Rückweg zum Haus an der Landstraße drückte ich mich eng an Senyora Stendhal, die noch immer gequält das Gesicht verzog. Von Zeit zu Zeit durchfuhr sie ein Zittern. Sie bemerkte, dass ich sie erschrocken musterte, und bemühte sich, es herunterzuspielen.

»Erst war der Sommer so heiß, dass wir kaum Luft zum Atmen hatten, und jetzt will uns der Winter mit dieser Eiseskälte den Rest geben!«

Dabei bebte sie nicht vor Kälte, sie sorgte sich um den Großvater. Und um Dani, der immer laut herumposaunte, all die Polizisten und Soldaten, die die Berge durchkämmten, seien Handlanger von Großgrundbesitzern wie den beiden Drecksäcken Sabater und Ros.

Bis zum Weihnachtsabend hatte Dani außerhalb des Dorfes zu tun und war daher für die Guardia Civil unerreichbar. Doch mir war in diesem Moment eins klar geworden: Egal, wo er auch war, solange er sich im Krieg befand, konnte Senyora Stendhal nicht im Frieden leben.

8

Ein paar Wochen nach Weihnachten hielt Dani eines Morgens an, noch bevor wir die Schulpforte erreichten. Er lehnte das Motorrad außen an die Schulhofmauer, steckte eine Hand in die Tasche der schwarzen Lederjacke und zog ein Taschentuch heraus. Bedächtig schlug er die vier Ecken zurück und zeigte mir eine goldene Uhr, die genauso aussah wie die in den Zeitschriften, in denen Senyora Stendhal manchmal in der Küche des kleinen weißen Hauses blätterte.

»Streck mal die Hand aus«, forderte er mich auf.

Mit der linken Hand nahm er die Uhr, und mit der rechten zerknüllte er das Tuch und steckte es zurück in die schwarze Lederjacke, wie bei einem Taschenspielertrick. Dann griff er nach meiner linken Hand und streifte mir die Uhr genauso feierlich darüber, wie ich im Jahr zuvor im Internat bei einer Theateraufführung zum Ritter geschlagen worden war.

An diesem Morgen begann die Bolzerei auf dem Schulhof erst kurz vor dem Klingeln. Meine Uhr hatte so viel Aufsehen erregt, dass sich niemand mehr um den Ball scherte. Die Jungen zogen an meinem Arm, um über die Uhr zu streichen, und jede Berührung war für mich wie ein erneuter Ritterschlag. Ich dachte bei mir, dass mich an diesem Tag sicher sogar das Mädchen mit den langen Zöpfen beachtet hätte, auf das Dani ein Auge geworfen hatte. Es war, als wäre ich auf einen Schlag groß geworden.

»Woher hast du die?«, fragte mich der hagere, ständig hustende Lehrer, als er die Uhr sah.

Ich blickte zu ihm auf. Die schwarzen, weit aufgerissenen Augen in seinem schmalen Gesicht wirkten erschrocken.

»Dani hat sie mir geschenkt.«

Ein plötzliches Zittern durchfuhr ihn, und ich bekam Mitleid, denn ich nahm an, dass er noch viel kränker war als sonst. Ich schaute ihn erneut an und sah, wie sein entsetzter Blick in die Ferne schweifte und sich in Richtung der Berge verlor, wie ich es schon so oft beim Großvater gesehen hatte. Dann hustete er und betrat die Klasse.

»O mein Gott!«, klagte er im Fortgehen leise. Da tat er mir noch mehr leid.

Ich mochte den Lehrer. Er war zu allen Kindern nett und las uns oft Geschichten vor, die wir zwar nicht ganz verstanden, aber schön fanden. Einmal hatte ich gesehen, wie er sich im Garten des kleinen Hauses mit dem Großvater unterhalten hatte. Deshalb konnte ich ihn gut leiden, und es machte mich unendlich traurig mit anzusehen, wie ihm an diesem Februartag die Eiseskälte zusetzte und er hustend in die Klasse trottete, während sich die Kinder darum zankten, die Uhr anfassen zu dürfen, die Dani mir geschenkt hatte.

Ich erinnere mich so gut daran, weil ich an diesem Tag zwölf Jahre alt wurde. Senyora Stendhal hatte mir am Morgen an der Tür einen Kuss auf die Stirn gedrückt, mir alles Gute zum Geburtstag gewünscht und mir dann versprochen, dass sie am Abend Pfannkuchen mit Zucker machen werde, meine Leibspeise. Das war das einzige Gericht, das ich noch aus der Zeit kannte, in der ich mit meiner Mutter an der Plaça de Sant Pere gewohnt hatte.

»Heute Abend beten wir vor dem Essen, um deine Mutter wissen zu lassen, was für ein stattlicher junger Mann in den letzten vier Jahren aus dir geworden ist. Und danach feiern wir«, hatte sie lachend gesagt, als Dani das Motorrad anließ.

Und ich erinnere mich auch deshalb so gut an die Uhr, weil es im Haus an der Landstraße gar nicht lange Zeit zuvor eine Riesenaufregung gegeben hatte, als eines Tages einem Herrn, der die Männer aus der Stadt gelegentlich begleitete, ein Ring mit einem riesigen roten Stein abhandengekommen war, den er stets am Ringfinger der rechten Hand trug. Er hatte ihn mir das eine oder andere Mal unter der Esszimmerlampe gezeigt, wenn er montagmittags mit Ros kam und beim Essen, das Senyora Stendhal für sie gekocht hatte, am Kopfende des Tisches saß. Selbst das spärliche Licht in der Stube rief in dem roten Stein flammende Reflexe hervor. Senyora Stendhal wurde jedes Mal sehr nervös und wollte mich in mein Zimmer schicken, damit ich die Hausaufgaben machte, aber der Herr lachte nur und bat sie, mich bleiben zu lassen.

»Lassen Sie ihn nur, Senyora Annie. Ich zeige ihm in meinem magischen Stein bloß die Hölle. Das wird ihm nicht schaden.«

Und dann wandte er sich zu mir um und sagte zu meinem

Entsetzen: »Sieh genau hin, Junge. Das ist die Hölle, in der jetzt alle schmoren, die die heilige Ordnung des Vaterlandes in Brand gesteckt haben!«

Alle lachten, und ich, verängstigt und zugleich gebannt von den Worten des Fremden, dem alle schmeichelten, stierte in die Flammen, die in diesem eigenartigen eingefassten Edelstein an seinem Ringfinger loderten. Da wurde Danis Mutter böse. Sie packte mich am Arm, zerrte mich in meine Kammer und schloss mich darin ein, bis Ros und der Mann mit dem Ring samt ihrem ganzen Gefolge das Haus wieder verlassen hatten.

An dem Montag, an dem er den Ring verlor, herrschte im Haus an der Landstraße große Aufregung. Alle machten sich auf die Suche. Zuerst schauten sie auf dem Waschbecken nach, weil der Fremde meinte, er habe ihn wohl beim Händewaschen abgelegt. Dann wurden Schränke, Schubladen und Vitrinen geöffnet und der Boden unter den wenigen Möbeln der Stube abgesucht. Sie räumten den Büfettschrank mit den Glastüren aus, durchsuchten die Küche und hoben im Flur den Läufer hoch. Doch alles war umsonst; der Ring blieb verschwunden. Senyora Stendhal kam in die Kammer und zog die Betten ab, meins und das des Großvaters, der in der Küche auf der Bank saß und sich in der ganzen Zeit nicht ein einziges Mal gerührt hatte. Ros und der Herr mit dem Ring folgten ihr und halfen, die Laken, Decken und Tagesdecken auszuschütteln, doch es war auf den ersten Blick zu sehen, dass sie darin keine Übung hatten. Selbst wenn der Ring dort gewesen wäre, hätten sie ihn bloß unter einem Berg verknitterter Wäsche begraben. Senyora Stendhal sagte keinen Ton. Die Stimme des Mannes mit dem Ring klang verzweifelt, als er sie leise beschwor: »Suchen Sie gründlich, Senyora Annie!

Stellen Sie das ganze Haus auf den Kopf, aber finden Sie meinen Ring. Ich weiß nicht, was ich tun soll, wenn er nicht wieder auftaucht. Am übernächsten Sonntag habe ich in drei Dörfern Firmung.«

Aus all diesen Gründen kann ich mich noch so genau daran erinnern, dass es Anfang Februar war, als Dani mir die goldene Uhr schenkte, die alle Kinder auf dem Schulhof anfassen wollten, während der hagere Lehrer mit einem erschrockenen Ausdruck in seinen tiefschwarzen, verloren wirkenden Augen in die Klasse zurückschlurfte und sein Hustenanfall immer lauter wurde.

9

Die goldene Uhr, die Dani mir im Februar 1943 schenkte, trage ich noch heute. Das Ticken der Uhr verbindet mich mit wenigen Monaten meines Lebens, die mir auch nach vielen Jahren noch deutlich vor Augen stehen, so detailreich wie kaum etwas, das erst in jüngster Zeit geschehen ist. Ich frage mich oft, wie es sein kann, dass die Ereignisse jener Tage in mir so lebendig, ja regelrecht in mein Gedächtnis eingebrannt sind. Vielleicht liegt es daran, dass sich keine vierzehn Tage, bevor Dani mir die Uhr schenkte, noch etwas anderes ereignet hatte, das viel schlimmer war als der Vorfall mit dem Ring. Sabaters Verwalter, ein Kerl so klein und rund wie eine Fettkugel, hatte Senyora Stendhal zusammengeschlagen. Schluchzend hatte sie ihn angefleht, er solle sie in Ruhe lassen, während sie sich mit dem Ärmel ihres blaugelben Blumenkleides das Blut von der Nase wischte.

»Ich schwöre dir, ich lasse euch alle aus dem Haus werfen und sorge eigenhändig dafür, dass der alte Sack hinter Schloss und Riegel landet. Ich weiß zwar nicht, für wen du die Beine breit gemacht hast, damit er aus den Bergen zurückkommen konnte, aber damit kommst du nicht noch einmal durch. Wenn ich nicht gut genug bin, um dich zu ficken, werdet ihr in diesem Dorf keine ruhige Minute mehr haben.«

Vermutlich hatte der Großvater währenddessen die ganze Zeit aus dem Fenster gestarrt, die Augen fest auf den Brunnen oder auf den nackten Stamm des Kirschbaums im Garten geheftet. Vielleicht war sein Blick aber auch in die Ferne geschweift, ans Ende der Platanenallee, hin zu den Bergen. Ich kann es nicht sagen, weil ich vollkommen verängstigt war und mich nicht aus der Kammer hinauswagte. Ich hielt mir mit beiden Händen die Ohren zu und wimmerte wie ein Tier, aber es half nichts, ich konnte die Schreie des Mannes mit dem Schmerbauch und Senyora Stendhals verzweifeltes Schluchzen nicht ausblenden.

»Du Hure bist genauso hochnäsig wie der Rest deiner Familie, aber trotz allem bist und bleibst du eine Hure. Sollte sich dein Vater im nächsten Sommer noch einmal erdreisten, das Wasser aus dem Kanal umzuleiten, zerschmettere ich ihm das Gesicht mit der Wildschweinbüchse«, hörte ich den Mann auf der Türschwelle toben. »Und wenn dein Sohn sich noch einmal untersteht, mich in der Öffentlichkeit frech anzuschauen, polier ich ihm die Fresse. Verlass dich drauf, es dauert nicht mehr lang, dann endet er genauso wie dein Mann. Dafür werde ich höchstpersönlich sorgen.«

Nachdem der Mann davongestapft war, blieb ich noch eine ganze Weile auf meinem Bett liegen und schluchzte in die Kissen. Irgendwann traute ich mich endlich aufzustehen und schaute aus dem Fenster. Senyora Stendhal wischte sich mit dem Ärmel ihres blaugelben Blumenkleides das Blut von der Nase, und der Großvater saß an den Brunnen gelehnt auf dem Boden, die Hände zu Fäusten geballt. Tränen rannen über seine Wangen. Es war das erste Mal, dass ich jemanden weinen sah, der so alt war, und mich überkam wieder große Angst.

Noch heute habe ich jedes Mal, wenn ich auf die Uhr schaue, die Dani mir in jenem Februar geschenkt hat, Großvaters verweintes Gesicht vor Augen, und ich bekomme einen Kloß im Magen bei dem Gedanken daran, wie Sabaters Verwalter Senyora Stendhal zusammenschlug, die ihn anflehte, er solle sie in Ruhe lassen, und sich mit dem Ärmel ihres blaugelben Blumenkleides das Blut von der Nase wischte.

10

Am nächsten Tag kam Senyora Stendhal nicht an die Haustür, um uns zu verabschieden. Dani wunderte sich darüber. Ich allerdings hatte schon am frühen Morgen gehört, wie sie das Haus durch die Küchentür verlassen hatte und zum Kanal gegangen war. Als wir zum Frühstücken herunterkamen, war sie schon seit ein paar Stunden fort; offenbar wollte sie an der Waschstelle sein, bevor die anderen Frauen kamen.

Um Mitternacht hatte es zu schneien begonnen, und sie stapfte den ganzen Weg im Dunkeln durch den unberührten Schnee. Es wurde gerade erst hell, als sie sich daranmachte, die Wäsche einzuseifen. Während sie das blaugelbe Blumenkleid ausschlug und ins Wasser des Kanals eintauchte, in der Hoffnung, die Strömung würde ihre Albträume mit sich forttragen, weinte sie haltlos. Und während sie das Kleid in den Waschzuber legte und unter Schluchzen mit zitternden Händen das Laken herausnahm, rannen ihr Tränen der Angst und der Wut über das Gesicht.

»Was machst du denn schon so früh hier draußen?«

Der Klang von Tante Montserrats Stimme ließ sie erschrocken zusammenfahren. Das Laken glitt ihr aus den Händen und fiel zu Boden. Auf dem jungfräulichen Schnee hob sich das dunkle, eingetrocknete Blut deutlich ab. Der Tante entfuhr ein Schrei. Ängstlich warf sie Senyora Stendhal einen fragenden Blick zu. Diese bückte sich mit gesenktem Blick nach dem Laken. Dann richtete sie sich sehr langsam auf, und als sie den Kopf hob, sah Tante Montserrat die blauen Flecken, die die Schläge des Verwalters hinterlassen hatten. Sie erschrak.

»Herr im Himmel! Was haben sie denn mit dir gemacht? Wer war das?«, fragte sie. Das Entsetzen stand ihr ins Gesicht geschrieben. »Als ich aus dem Küchenfenster gesehen habe, dass du heute schon so früh unterwegs bist, wusste ich gleich, dass dir etwas Schlimmes zugestoßen sein muss.«

»Das war der Büttel von Sabater. Aber das darf niemand erfahren. Du musst mir schwören, dass du Dani nichts davon sagst!«

»Wie willst du das denn vor ihm geheim halten? Um Himmels willen, hast du nicht gesehen, wie du aussiehst?«

»Er hat mich bisher nicht zu Gesicht bekommen, und das wird er auch nicht. Er fährt noch heute zurück in die Stadt. Da haben sie für ein paar Tage zu tun, und wenn er wieder nach Hause kommt, ist es bestimmt nicht mehr zu sehen.«

11

Ohne Vorankündigung war plötzlich der Frühling da. Ein paar vorzeitige schöne Tage und der erste Aprilregen hatten den raschen Wechsel der Jahreszeiten eingeläutet. Die Felder waren übersät mit Blumen. Richtig bewusst wurde mir das erst an dem Tag, an dem ich mit Dani den Pfad am Kanal entlangging und sah, dass die Felder über und über mit roten und weißen Mohn- und Kamillenblüten gesprenkelt waren. Es waren dieselben Felder, an denen wir jeden Morgen auf dem Weg zur Schule vorbeikamen, doch diesmal sausten sie nicht blitzschnell hinter den Alleebäumen vorüber wie bei der Fahrt auf dem Motorrad. Als wir den Pfad zu Fuß entlangwanderten, wirkten die Felder größer und die Saatstreifen üppiger. Man sah auf einen Blick, dass diese Höfe hier Ros gehörten und seinen Pächtern so viel Wasser zur Verfügung stand, wie sie nur wollten.

Dani war eigentümlich verschlossen. Ich trottete neben ihm her und wagte nicht, ihn anzusprechen. Der Lehrer hatte mich überraschend aus der Klasse geholt. Er hatte dem Geistlichen, der gerade in diesem Moment mit seinem Unterricht über die heilige Geschichte beginnen wollte, ein paar Worte ins Ohr geflüstert und mich in den Hof gebracht. Dort lehnte Dani am Maulbeerbaum und wartete auf mich. Obwohl er weder lächelte noch ein Wort sagte, hüpfte mein Herz im ersten Moment vor Freude, denn es war das erste Mal, dass ich ihn auf dem Schulgelände sah. Doch noch während mir dieser Gedanke durch den Kopf schoss, erschrak ich.

»Komm, wir gehen«, sagte er und setzte sich in Bewegung.

Auf der Straße fragte ich: »Und das Motorrad?«

»Wir gehen zu Fuß. Ich will laufen«, antwortete er einsilbig. Und von da an schwieg er.

Nach zwanzig Minuten Fußmarsch verließen wir den Pfad und nahmen eine Abkürzung durch die Schonung, wo die Platanen, die gerade erst zu sprießen begonnen hatten, nur unzureichend Schatten spendeten. Der Schweiß lief uns in Strömen über Gesicht und Rücken. In der Ferne, hinter den Pappeln des Großvaters, war bereits das kleine weiße Haus zu erahnen, da blieb Dani mit einem Mal stehen. Sein Blick schweifte zum Ende der langen, geraden Platanenallee, vielleicht aber auch noch weiter in die Ferne, bis zu den Bergen.

Unvermittelt sagte er: »Großvater ist tot«, und schritt nun entschiedener aus, als wäre eine Last von ihm abgefallen.

Ich musste laufen, um zu ihm aufzuschließen, und während ich in seinen Schritt einfiel, liefen mir dicke Tränen die Wangen herab. Was genau passiert war, wusste ich zwar nicht, aber ich hatte schon andere Menschen sterben sehen und wusste, der Tod war immer etwas abgrundtief Trauriges.

»Er hing am Kirschbaum, als sie ihn gefunden haben«, sagte Dani nach einer Weile.

Da musste ich an Ton aus Feixes' Mühle denken, den Jungen aus der Schule, der niemanden ansah und nie ein Wort sprach. Ich fragte mich, ob er jetzt auch sterben würde, denn er schaute ja genauso hoffnungslos traurig drein wie Großvater, seit Sabaters Verwalter Senyora Stendhal zusammengeschlagen hatte. Wenn die beiden diesen leeren Ausdruck in den Augen hatten, war es, als suchten sie etwas irgendwo in weiter Ferne, an einem Ort, den nur sie selbst sehen konnten.

»Was mag der Großvater gesehen haben, wenn er diesen abwesenden Blick hatte?«, fragte ich Dani, als wir an der Rückseite des kleinen weißen Hauses ankamen.

Dani schaute zu den Bergen und antwortete nicht.

12

Ich erinnere mich ganz genau. Bei unserer Ankunft hatten sie den Großvater noch nicht heruntergeholt. Er hing, das Gesicht den Bergen zugewandt, am Kirschbaum, der in voller weißer Blüte stand. Der Wind schaukelte ihn langsam vor und zurück, und seine Füße zeichneten auf meiner Augenhöhe konzentrische Kreise in die Luft. Seine Augen waren weit aufgerissen, und sein Mund stand offen, wie zu einem Schrei. Da hätte ich ihn am liebsten mit lauter Stimme gefragt:

»Wen rufst du, Großvater? Wohin willst du? Lass mich mitgehen.«

Aber die Worte blieben mir im Halse stecken, und ich rannte davon. Nur weg von diesen Leuten, die auf den Endivienpflänzchen herumtrampelten, die wir gemeinsam gesetzt hatten. An jenem Nachmittag hatten wir auch Tomaten, Paprika, Auberginen, Melonen und Kürbisse ausgesät. Das war vor nicht einmal zwei Wochen gewesen.

Ich lief zu dem kleinen Tümpel in der Pappelschonung und ließ mich an der Stelle am Ufer niedersinken, wo wir im letzten Sommer Furchen gezogen hatten, um das Wasser umzuleiten, nachdem wir den Kanal mit Holz gestaut und zum Überlaufen gebracht hatten. Die Spuren der Hacke des Großvaters, der mit Bärenkräften gegraben hatte, waren noch immer zu sehen.

»Warum hast du das getan, Großvater? Mit wem soll ich jetzt die Bäume wässern?«, fragte ich ihn.

Aber er gab keine Antwort. Ich konnte noch immer nicht begreifen, was geschehen war, doch ich musste mir Luft machen. Haltlos begann ich zu weinen. Die Stille war tröstlich, genau wie damals im Internat, als ich in den Wald gelaufen war und die Rufe der anderen Jungen, die auf dem Sportplatz bolzten, nur noch aus der Ferne zu vernehmen waren. An dem Tag hatte ich entdeckt, dass es eine Stelle gab, an der ich ihre Rufe nicht mehr hörte, als wäre ich kilometerweit entfernt. Jetzt fühlte ich mich genauso; ich wusste, der Großvater hing noch immer am Kirschbaum, und all die fremden Männer trampelten gedankenlos in unserem Gemüsegarten herum, aber es machte mir nichts mehr aus: Auch ich war jetzt weit weg, Tausende von Kilometern entfernt, und vielleicht würde ich nie wieder zurückkehren.

Ich blieb eine Weile im Pappelhain und dachte an die Tage im letzten August, an denen ich mit dem Großvater hergekommen war, um die Bäume zu wässern. Zu der Zeit war der Tümpel noch nicht ganz ausgetrocknet gewesen, und der Großvater hatte noch nicht in aller Heimlichkeit Wasser aus dem Kanal abzweigen müssen. Im Sommer spendeten die Bäume herrlichen Schatten, und in der Luft lag ein süßlicher Geruch nach dem Laub, das sich auf dem Boden zersetzte und mit der feuchten Erde vermischte. Jeden Morgen zog der Großvater durch kräftige Hiebe mit der Hacke fünf oder sechs Rinnen, und wenn er der Meinung war, das Wasser fließe kräftig genug, um bis in die letzten Winkel zu gelangen, setzte er sich ans Ufer und schaute zu, wie sie vollliefen. Ich half ihm, indem ich mit der Harke Blätter und Zweige entfernte, die den Abfluss des Tümpels verstopften.

»Im Wald ist es so still, dass dort der Wind das Sagen hat«, hatte der Großvater an einem dieser Sommertage erklärt. Genau in diesem Augenblick war eine Windbö aus dem Norden in die Wipfel der Pappeln gefahren, die ohrenbetäubend rauschten, und sämtliche Vögel des Himmels und die Tiere auf der Erde waren verstummt, um zu lauschen, was der Wind ihnen zu sagen hatte.

Das war an eben dem Tag gewesen, an dem der Tümpel versiegt war, doch der Großvater hob noch immer Rinnen aus, als würde es ihm nie an Wasser mangeln.

»Warum graben wir weiter? Es gibt doch keinen Tropfen Wasser mehr im Teich«, fragte ich ihn.

Da grinste er listig und erwiderte: »Überlassen wir dem Wind das Kommando und sehen, was passiert.«

An diesem Tag mussten wir auf den tröstlichen Anblick des Wassers verzichten, das den Pappeln neues Leben spendete, und so machten wir uns auf den Rückweg. Um Zeit zu sparen, liefen wir um den Wald herum, der zum Xapo-Hof gehörte. Ich pflückte ein Sträußchen Lavendel für Senyora Stendhal, die immer einen Krug mit Blumen in der Küche stehen hatte, und der Großvater knickte einen Zweig Rosmarin ab und steckte ihn in den Mund.

Um Mitternacht stand er auf und verließ das Haus durch die Hintertür. Es war die erste einer ganzen Reihe von Nächten, in denen ich mich schlafend stellte und ihm anschließend nachsah, wie er sich durch den Garten davonstahl und zum Kanal und den Baumschonungen eilte.

Bei meiner Rückkehr standen die Leute noch immer im Gemüsegarten um den Leichnam des Großvaters herum. Sie hatten ihn inzwischen vom Kirschbaum abgeschnitten, neben den Brunnen gelegt und ihn zugedeckt. Ich ging zu ihm, hob die Decke an und drückte ihm einen Rosmarinzweig in die Hand. Dann gab ich ihm einen Kuss auf die eisigkalte Wange.

Als ich mich aufrichtete, sah ich, wie Senyora Stendhal durch das Küchenfenster zu mir herüberschaute. Neben ihr stand Tante Montserrat und hatte ihr tröstend einen Arm um die Schultern gelegt. Ich lief ins Haus und gab auch ihr einen Rosmarinzweig. Dann eilte ich wortlos aus der Küche und schloss mich in der Kammer ein, wo ich mich aufs Bett warf. Ich heulte vor Zorn. Ich wollte endlich groß sein. Alles hätte ich dafür gegeben, wäre ich doch nur alt genug gewesen, um den Großvater zu retten, und stark genug, um Senyora Stendhal zu beschützen. Vor Sabaters Handlanger und all den anderen Männern, die ständig um sie herum waren.

13

Wir begruben ihn auf einem kleinen Grundstück neben dem Friedhof des Dorfes. Nicht mehr als vierzehn oder fünfzehn Leute waren gekommen: Senyora Stendhal, Dani, der Schmied, Tante Montserrat, der hagere Lehrer, die Leute vom Xapo-Hof, die beiden jungen Frauen von der Waschstelle – die, deren Männer sich in den Bergen versteckt hielten – und drei oder vier alte Bauern, die ich nicht kannte. Die Freundinnen meiner Mutter, die mich bei ihren Besuchen jedes Mal herzten und küssten, fehlten. Senyora Stendhal hatte keine Zeit gehabt, sie zu benachrichtigen. Auch die übrigen Frauen von der Waschstelle fehlten, und es war kein Priester erschienen. Ich fragte mich, ob Dani wohl dem Mädchen mit den langen Zöpfen Bescheid gegeben hatte.

Auf dem Rückweg vom Friedhof stromerte ich allein durch die Schonungen. Ich wollte nachdenken und durch all die Ecken streifen, die mir der Großvater gezeigt hatte. Bei meiner Heimkehr hörte ich, wie Senyora Stendhal mit einem

Mann sprach. Sie standen in der Tür zu meiner Kammer, doch das Türblatt verdeckte sie, und ich konnte nicht erkennen, wer er war.

»Das sind alle, die er hatte«, sagte sie.

»Ich bin Ihnen sehr dankbar. Aber so ganz verstehe ich noch nicht, warum Dani sie nicht haben wollte«, antwortete eine mir vertraute heisere Stimme.

»Er meint, ihm reicht das Buch mit den Gedichten. Die anderen seien in der Schule besser aufgehoben, dann hätten alle etwas davon.«

Sie schwiegen eine Weile. Ich überlegte, ob ich mich bemerkbar machen sollte, beschloss dann aber, in der Küche zu bleiben.

»Wie macht sich der Kleine?«, hörte ich Senyora Stendhal fragen und brauchte einen Moment, bis ich verstand, dass sie sich nach mir erkundigte.

»Sehr gut. Er ist Dani ungeheuer ähnlich, als wären sie wirklich Brüder. Dani ... Er sollte zurückkommen.«

»Sie wissen doch, da ist nichts zu machen. Manchmal denke ich, es ist meine Schuld, weil er sich diese verrückte Idee in den Kopf gesetzt hat, mir in der Stadt ein Gasthaus einzurichten, weit weg von den Bergen.«

Abermals verstummten sie. Dann beschwor sie ihn:

»Passen Sie mir auf den Kleinen auf. Ich habe es seiner Mutter versprochen. Eine Hand wäscht die andere.«

Ich drückte mich an die Wand und sah, wie der hagere Lehrer mit einem Stapel alter Bücher unter dem Arm das Haus verließ. Offenbar hatten sie Großvater gehört, auch wenn ich das kaum glauben konnte. In der ganzen Zeit, in der er bei uns gewohnt hatte, hatte ich ihn nicht einmal lesen sehen.

Kaum hatte der Lehrer das Haus durch die Vordertür verlassen, da eilte ihm Senyora Stendhal nach und drückte ihm ein Bund Spargel in die Hand. Xapo hatte am Morgen bei seinem Kondolenzbesuch ein riesiges Bund mitgebracht. Der Lehrer lächelte dankbar und ging mit schweren Schritten die Platanenallee hinunter.

14

Ich weiß noch immer nicht, woher ich den Mut nahm. Etwas sagte mir, dass ich im Recht war und nie wieder der Anführer der Jungen sein würde, wenn ich jetzt nachgab. Dass es keine Rolle mehr spielen würde, dass ich von Dani, den die anderen so sehr bewunderten, jeden Morgen mit dem Motorrad zur Schule gebracht wurde. Nicht einmal die goldene Uhr, die er mir geschenkt hatte, würde mich retten können. Wenn ich schwach würde, würden sie den Respekt vor mir verlieren. Deshalb blieb ich standhaft. Ich wollte meine Ehre als Kopf der Bande verteidigen, und außerdem hatte ich recht.

Oft schon hatte ich mich gefragt, wie die Erwachsenen bei einem Streit herausfanden, wer im Recht war. Jetzt wusste ich es: Wer recht hat, hört eine untrügliche innere Stimme, die es ihm sagt. Und nun hörte ich sie.

»Raus! Verlass sofort das Klassenzimmer!«

Das aufgebrachte Keifen des Geistlichen auf dem Katheder ließ mich zusammenfahren.

»Ich habe doch gar nichts gemacht«, verteidigte ich mich und zog die Schultern ein.

Die ganze Klasse drehte sich zu meinem Pult um. Alle schauten mich aufmunternd an. »Er gehört dir! Du darfst jetzt nicht nachgeben«, schienen mir ihre streitlustig funkelnden Augen sagen zu wollen.

Ich sah, wie das Gesicht des Priesters hochrot anlief. Immer wenn er wütend wurde, sabberte er, und seine abstoßenden fleischigen Lippen klebten aneinander. Als er den Mund endlich aufbekam, stieß er ein sonderbares Ächzen aus.

»Ähmmmmmm!«

Jetzt bekommt er einen Herzanfall, dachte ich noch, doch dann gelang es ihm schließlich, ein paar Worte zu artikulieren.

»Raus. Sofort raus!«

»Der da war's. Ich habe nichts gemacht«, entgegnete ich mit Nachdruck.

Der da, das war der Sohn von Sabaters Verwalter, ein Bursche, der uns im Tausch gegen die Pin-up-Fotos, die Dani mir aus der Werkstatt mitbrachte, regelmäßig mit heimlich von seinem Vater gestohlenem Tabak versorgte. Den ganzen Morgen schon hatte er gestichelt und die Lügengeschichten nachgeplappert, die Sabaters Getreue im Dorf in Umlauf brachten, um den Großvater schlechtzumachen.

»Dein Großvater war ein alter Irrer. Er hat zu viele Bücher gelesen und ist auf gefährliche Gedanken gekommen. Und weil er ein Nichtsnutz und ein Träumer war, ist er pleite gegangen. Besser, sie hätten ihn gleich nach dem Krieg an die Wand gestellt.«

Zu Hause waren wir mittlerweile daran gewöhnt, dass

Sabaters Schergen auf Kosten des Großvaters üble Verleumdungen verbreiteten. Seit ihm zur Verblüffung dieser Leute ein Passierschein des Gouverneurs die Rückkehr aus den Bergen ermöglicht hatte, hatten sie nichts Besseres zu tun, als ihm das Leben schwer zu machen. Dabei war der Großvater viel mehr wert als sie alle. Das wusste ich, weil Dani, Xapo und der Schmied mir erzählt hatten, dass er sich früher immer auf die Seite der Bauern geschlagen hatte. Deshalb sei er während der Militärdiktatur unter Primo de Rivera ins Gefängnis gesteckt worden. Dort habe damals sein Unglück seinen Lauf genommen.

Der Sohn des Verwalters hatte einfach nicht aufgehört, mich zu piesacken. Er schubste mein Heft vom Pult, und als ich mich danach bückte, um es aufzuheben, flüsterte er mir ins Ohr:

»Dein Großvater vermodert in der Hölle. Er hat Selbstmord begangen, das ist eine Todsünde!«

Der Priester schaute genau in dem Moment auf, als meine Faust auf das schmierig-runde Gesicht des Sohnes von Sabaters Verwalter zuflog, des Mannes, der Senyora Stendhal zusammengeschlagen und geschworen hatte, uns das Leben zu vergällen. Das Gesicht, das mich jetzt siegesgewiss angriente, schien nur auf den Moment hinzufiebern, in dem ich würde aufstehen und die Klasse verlassen müssen. Aber ich dachte nicht daran, ihm den Gefallen zu tun.

»Raus! Raus, habe ich gesagt!«, brüllte der Priester außer sich. Ein Speichelfaden hing an seiner Unterlippe.

Ein paar der Jungen fingen an zu kichern.

»Raus!«, setzte er erneut zu einem Schrei an, um in einer Situation, die ihm völlig aus den Händen zu gleiten drohte, die Disziplin wiederherzustellen. Doch seiner Kehle entrang sich nur ein dünnes Krächzen, das allgemeines Gelächter hervorrief.

Der Sohn des Verwalters und ich waren die Einzigen, die nicht in das Johlen mit einfielen: Er wirkte fassungslos, und ich schlotterte vor Angst. Möglicherweise erschien es mir deshalb sicherer, reglos sitzenzubleiben, anstatt die Klasse zu verlassen.

»Raus! Entweder du gehst oder ich!«

»Dann gehen Sie.«

Warum ich das gesagt habe, weiß ich bis heute nicht. Die Worte waren mir wie von allein über die Lippen gekommen, und ich bereute sie sofort. Mit einem Mal herrschte Grabesstille. Die Zeit blieb stehen. Der Priester rutschte auf dem Katheder hin und her. Sein Gesicht war rot und prall wie eine Paprikaschote kurz vor dem Platzen. Er rang nach Worten.

»Aber ... Wie bitte?«, stammelte er.

Plötzlich sprang er auf und rauschte aus dem Klassenzimmer. Die Tür knallte ins Schloss, und die Scheiben splitterten. Das war wie ein Signal: Die ganze Klasse sprang auf und skandierte klatschend meinen Namen:

»Stendhal! Stendhal!«

Der Sohn des Verwalters und ich blieben sitzen. Wir schauten uns an. Sein Gesicht war wutverzerrt, und ich spürte mehr denn je, dass ich der Anführer der Jungen war. Jetzt respektierten sie mich nicht mehr nur um des Motorrads und um Danis willen. Jetzt hatte ich mir ihre Bewunderung selbst verdient.

In der Pause konnte ich feststellen, dass sich die Nachricht über meine Auseinandersetzung mit dem Priester schon wie ein Lauffeuer in sämtliche Winkel der Schule verbreitet hatte. Meine Kameraden und ich hatten uns in die Toiletten zurückgezogen und ließen den Coup Revue passieren, als ein paar ältere Jungs hereinkamen. Der Größte von ihnen war bestimmt zwei oder drei Jahre älter als ich. Er kam auf mich zu und legte mir den Arm um die Schulter.

»Das hatte dieser Schweinepriester schon längst verdient! Mein Bruder sagt auch, dass es in diesem beschissenen Dorf niemand Besseren gibt als Dani und seine Familie.«

Da wünschte ich mir, die Schule wäre schon aus und ich könnte nach Hause gehen und ihm davon erzählen.

15

Doch bevor ich mich auf den Heimweg machen konnte, kam die Standpauke. Der Rektor rief mich in sein Büro und verdonnerte mich dazu, in den nächsten zehn Tagen auf dem Gang vor der Klasse zu stehen. Außerdem drückte er mir ein Geschichtsbuch in die Hand, das ich im Klassenraum abschreiben sollte, während die anderen die Pause auf dem Hof verbrachten. Er drohte mir, mich von der Schule zu verweisen. Dieses eine Mal würde ich noch mit einer Verwarnung davonkommen, erklärte er, immerhin hätte ich mir im ganzen Schuljahr bisher nichts zuschulden kommen lassen.

Wenn man es genau betrachtet, ist die Geschichte für mich recht glimpflich ausgegangen. Das hatte ich vor allem dem hageren Lehrer zu verdanken, dessen Gesundheitszustand sich mit Anbruch des Frühlings gebessert hatte. Er hatte sich höchstpersönlich darum gekümmert, Senyora Stendhal zu benachrichtigen, die daraufhin herbeigeeilt war wie eine

Furie. Auf dem Rückweg sprach sie nicht ein Wort mit mir. Erst als wir zu Hause ankamen, entfuhr ihr ein Seufzer.

»Wenn du mir genauso viel Kummer machst wie Dani, bringst du mich ins Grab.«

In den nächsten zwei Wochen stolzierte ich über den Hof und durch die Flure der Schule wie ein Held. Im Gang stand ich nie. Ich nahm meinen Platz nur ein, wenn der Priester kam, der als Einziger kontrollierte, ob ich meiner Strafe nachkam. Im Grunde ging es mir ganz gut, wenngleich ich das Abschreiben während der Pausen ziemlich lästig fand. Nur eine der Geschichten, die ich kopieren sollte, gefiel mir: die, in der Wilhelm Tell mit der Armbrust einen Apfel vom Kopf seines Sohnes schießt und nachher der Verfolgung durch die Häscher des Landvogtes entkommt. Die anderen fand ich alle abwegig, vor allem die über den Herrn einer Burg, die von den Mauren belagert wurde. Anstatt sich deren König zu ergeben, warf er ihm seinen Dolch zu und bat ihn, damit seinen Sohn, den die Mauren gefangen hielten, zu töten.

So etwas hätte Dani nie gemacht. Und Senyora Stendhal auch nicht.

Während der Tage, an denen ich vom Unterricht suspendiert war, war es sehr heiß. Wenn ich mich auf dem Schulhof aufhielt, drückte ich mich an den Mauern entlang, um ein bisschen Schatten zu finden. Wollte ich einmal quer rüber auf die andere Seite laufen, musste ich mich beeilen, um keinen Sonnenstich zu riskieren. In den ersten Tagen suchte ich oft den Schutz des Maulbeerbaumes auf, doch zum Schluss blieb ich lieber die ganze Zeit im Inneren des kühlen Schulgebäudes.

Auf dem Gang vor dem Klassenzimmer konnte ich hören, wie meine Kameraden unter Anleitung des Lehrers mit lauter Stimme die Namen von europäischen Städten und Flüssen aufsagten. Die anderen waren ganz nah, gleich hinter der Wand, und ich hörte sie, als säße ich selbst mitten unter ihnen. Aber das tat ich nicht. Uns trennte nur eine Wand, doch ich war auf der anderen Seite. Ich spürte die Distanz ganz deutlich, wie am Todestag des Großvaters, an dem ich allein im Pappelwäldchen gesessen hatte und es mir vorgekommen war, als wäre ich Tausende von Kilometern entfernt. Dieses Gefühl machte mir Angst, doch ein klein wenig fand ich auch Gefallen daran.

16

Siset vom Xapo-Hof treibt es mit seiner Schwester!«, behauptete Dani.

»Wo ist das Problem? Da wär er nicht der Erste«, erwiderte der Schmied gewichtig. »Seine Schwester hat er nun mal gleich bei der Hand. Mit wem sollte ein armes Würstchen wie er denn sonst eine Nummer schieben? Mit einer Frau aus dem Dorf?«

»Das wäre jedenfalls normaler.«

»Vielleicht überrascht er uns ja eines Tages noch alle, aber für den Moment ist seine Schwester nun mal die nächstbeste Fotze in seiner Reichweite! Es ist, wie es ist. Die Welt ist rund, oder? Na also!«

So redete der Schmied immer. Eigentlich redete er nicht, er drosch Phrasen. Wir saßen in Xifras Laden an dem langen Tisch im hinteren Teil des Verkaufsraumes. Der Laden von Xifra war Kolonialwarenladen, Fleischerei, Café und Gasthaus in einem. Es war das zweite Haus in der Carrer de l'Església, zwischen der Bäckerei und dem Rathaus, und mit Abstand das beliebteste Lokal des Dorfes. Unterdessen stand Senyora Stendhal am anderen Ende des Ladens an der Theke und ließ sich zwei Salzheringe einpacken, die wir uns zum Abendessen teilen würden. Sie sah böse aus.

»Ihr könntet mehr Respekt zeigen. Ihr meint wohl, wenn ihr solche Reden schwingt, macht euch das männlicher«, schimpfte sie.

In diesem Augenblick betrat Bombeta den Laden. Senyora Stendhals Miene verdüsterte sich noch mehr.

»Habt ihr nichts zu arbeiten?«, machte sie Dani und dem Schmied Vorhaltungen.

Mit zornfunkelnden Augen trat sie an den Tisch und zog mich am Arm hoch.

»Komm!«, sagte sie. Dann wandte sie sich an Xifra, der hinter der Theke Gläser spülte. »Schreib die Heringe an, ich komme morgen vorbei und hole den Rest. Im Moment ist mir hier die Luft zu schlecht.«

Der Mann, der soeben hereingekommen war, sagte nichts. Er war hochgewachsen und schlank und hatte sich einen dichten Bart stehen lassen. Seiner glänzenden Glatze wegen wurde er von allen Bombeta genannt, Glühbirne. Der Spitzname passte gleich in zweifacher Hinsicht, bedeutete er doch auch »kleine Bombe«, denn im Krieg war der Mann Experte für den Umgang mit Handgranaten und Sprengstoffen gewesen. Er nahm das Glas Wein, das Xifra vor ihn hinstellte, und setzte sich an den Tisch zu den anderen, die die Missstimmung mit lautem Lachen zu vertreiben suchten.

Senyora Stendhal wandte sich zur Tür. Ihr Haar war zu einem Dutt hochgesteckt, der den langen, schlanken Hals freilegte und ihre breiten Schultern betonte. Sie besaß eine schmale Taille, und mit ihren langen Beinen wiegte sie sich bei jedem Schritt in den Hüften. Das Kleid saß ihr am Körper wie eine zweite Haut, und alle Männer im Lokal drehten sich nach ihr um und ließen ihre begierigen Blicke an ihr herabgleiten. Unwillig verzog Dani das Gesicht. Er konnte es nicht leiden, wenn die Leute seine Mutter auf diese Weise ansahen.

»Was denn?«, versuchte ihn der Schmied zu beschwichtigen. »Sie hat noch immer dieselbe Figur, die schon vor dem Krieg in der Stadt alle Männer um den Verstand gebracht hat. Nach allem, was sie durchmachen musste, ist das ein Wunder.«

Beim Abendessen war Senyora Stendhal noch immer aufgebracht.

»Ich weiß nicht, warum du dich mit diesem Kerl einlässt. Es tut dir nicht gut, wenn du dich mit solchen Leuten abgibst.«

Dani gab keine Antwort. Seine Mutter hatte ja recht, aber was sollte er denn tun? Bombeta war einer von seinen Leuten, und noch dazu der Beste auf seinem Fachgebiet. Das Schweigen ihres Sohnes reizte Senyora Stendhal, die ihrem Ärger Luft machen musste. Sie hoffte, Dani würde irgendetwas sagen, was ihre bösen Vorahnungen zerstreuen könnte. Schließlich wechselte sie das Thema, und ich hörte, wie sie meinen Namen sagte.

»Ich will nicht, dass du Lluc noch einmal in die Bar mitnimmst.«

»Es schadet ihm nicht, er ist kein Kind mehr. Mit zwölf Jahren ist er alt genug, um zu erfahren, wie die Dinge laufen.

Früher oder später wird er herausfinden, dass die Welt in zwei Lager geteilt ist, ihres und unseres, und dass wir zwar in der Überzahl sind, aber trotzdem immer verlieren. Wenn er den Erwachsenen zuhört, kann er was lernen. Selbst wenn es Bombeta ist.«

»Euer Krieg handelt uns nur noch mehr Elend und Leid ein, und ihm bringt es gar nichts. Die einzige Revolution, die ich kenne, ist die Schule: Wir werden erst dann gleich sein, wenn wir dasselbe Wissen haben.«

»Großvater hat das nicht geholfen.«

»Mein Vater hatte Pech, aber in diesem Punkt würde er mir zustimmen. Ohne diesen verdammten Krieg wäre aus ihm ein großer Mann geworden.«

»Mag sein, aber jetzt ist er tot.«

»Er hat dir den Weg gebahnt. Du hättest nicht von der Schule gehen dürfen, und wenn du jetzt auch noch den Jungen auf Abwege bringst, werde ich dir das nie verzeihen.«

Mit einem Mal fiel ihr auf, dass ich in meinem Salzhering mit Bohnen, die ich sonst immer heißhungrig herunterschlang, nur herumpickte und ihnen zuhörte.

»Iss endlich auf!«, ermahnte sie mich. »Gleich frage ich dich in Erdkunde ab.«

Seit ich vom Unterricht suspendiert worden war, saß sie mir ständig im Nacken. Abend für Abend setzte sie sich zu mir an den Küchentisch, um sich zu vergewissern, dass ich den Unterrichtsstoff lernte und meine Hausaufgaben machte.

»Die Schule ist alles, was du brauchst, um ein Mann zu werden, dem niemand etwas zu sagen hat. Dann kannst du dieses ganze Elend hinter dir lassen«, schärfte sie mir jeden Abend ein und freute sich immer, wenn sie feststellte, dass ich den Stoff beherrschte.

17

Zwei Bilder meiner Mutter trug ich im Herzen: den Anblick ihres toten Körpers in der Mitte des Platzes und das Foto, auf dem sie mich mit einem herzhaften Lachen umarmte, während ich an ihrer weißen Perlenkette zog. Im vergangenen Jahr im Internat hatten sich ein paar ältere Jungen einen Spaß daraus gemacht, das Foto zu zerreißen, und ich hatte zwei Tage lang durchgeweint. Ich wusste noch genau, wie sie auf dem Foto gelacht hatte. Diese Lebensfreude half mir über das Bild hinweg, wie meine Mutter an dem Tag, an dem sie hinunter auf die Plaça de Sant Pere gegangen war, um den Männern zu helfen, erschossen worden war. Ich hatte die ganze Zeit hinter dem Wohnzimmerfenster gestanden und ihr nachgesehen, das Gesicht an die Scheibe gedrückt, die in meiner Erinnerung angenehm kühl war. Plötzlich war sie vornüber auf den blutüberströmten jungen Mann gesackt, dem sie noch einen Moment zuvor selbst Trost gespendet hatte.

Diese beiden Bilder waren nicht viel, aber sie waren alles, was ich von meiner Mutter hatte, und mir deshalb lieb und teuer: ein von einem Fenster aus beobachteter Albtraum und ein herzhaftes Lachen in einem schmalen, hübschen Gesicht. Ein Gesicht wie das von Senyora Stendhal, die nun neben mir auf der nachlässig lackierten Bank in der Friedhofskapelle der Stadt saß und meine Hand drückte. Meine Mutter war in einem der Massengräber beerdigt worden, da uns aber niemand sagen konnte, in welchem, begnügten wir uns damit, in der Kapelle zu beten.

Dani hatte uns schon am frühen Morgen auf dem Motorrad nach Girona gebracht, weil es der 23. Juni war, der Tag vor dem Johannisfest. An diesem Tag hätte meine Mutter Geburtstag gehabt.

»Verfluchter Krieg!«, seufzte Senyora Stendhal. »Sie wäre heute erst fünfunddreißig geworden.«

18

Das Auto raste mit Vollgas die Platanenallee hoch und kam in einer riesigen Staubwolke vor der Tür des kleinen weißen Hauses zum Stehen. Es war wie eine Erscheinung. Ich hatte den ganzen Morgen damit verbracht, den Gemüsegarten umzugraben, denn seit der Großvater nicht mehr da war, nahm das Unkraut überhand. Dani hatte mehr Arbeit als je zuvor. Manchmal verschwand er tagelang, um auf den entlegensten Höfen altersschwache Maschinen zu reparieren, für die es keine Ersatzteile mehr gab. Auch Senyora Stendhal war ständig außer Haus. Sie arbeitete als Köchin bei den Ribot, die den Sommer im Dorf, im Stammhaus der Besitzer des Wasserkraftwerks, verbrachten. Offenbar war ich der Einzige aus der Familie, der Zeit hatte. Vierzehn Tage zuvor hatten die Ferien begonnen, und ich war wild entschlossen, den Garten zu retten.

Also hatte ich die Auberginen, Paprika, Tomaten und Kürbisse, die ich zwei Wochen vor seinem Selbstmord gemeinsam mit dem Großvater ausgesät hatte, ins Beet umgesetzt. Außerdem hatte ich zwei Reihen Kopfsalat gezogen, hatte Sellerie gepflanzt und in den Kisten, die als Anzuchtbeet dienten, Radieschen gesät. Schon seit einigen Tagen konnten wir das Gemüse ernten, doch das Unkraut vermehrte sich rasant und hatte längst die Honig- und Wassermelonen unter sich begraben, sodass ich allmählich fürchtete, wir würden in diesem Jahr keine Marmelade bekommen. Ich riss den ganzen Tag Portulak aus und legte ihn zur Seite, damit Senyora Stendhal am Abend daraus Suppe oder, falls sie von den Ribot Eier mitbringen würde, köstliche Omeletts machen konnte.

Wenn ich das Unkrautjäten satt hatte, legte ich mich an den Rand der Beete und fing kleine Tiere, die sich zwischen den langen Stengeln der Süßgräser versteckten. Ich hatte Käfer, Eidechsen und Kröten, die ich in Pappschachteln steckte und fütterte. Außerdem machte ich Jagd auf Grillen, was ein größeres Geschick und vor allem viel mehr Geduld erforderte: Stundenlang lauschte ich ihrem Gesang und versuchte herauszufinden, woher er kam, indem ich vorsichtig die Grashalme auseinanderschob, bis sie mich bemerkten und verstummten. Es war ein Abnutzungskrieg. Ich stellte mich tot und wartete, bis sie wieder zu singen anfingen. Hatte ich dann endlich einen Bau entdeckt, steckte ich einen vertrockneten Grashalm in das Loch und kitzelte die Grillen, bis sie herauskrabbelten und feststellten, dass sie in einem Glastopf gefangen waren. Manchmal stellte ich mir vor, wie sie unter der Erde Wache hielten, und bei dem Gedanken, dass vielleicht ihre Jungen bei ihnen waren, wollte mir schon die Lust vergehen. Aber dann fiel mir ein, wie die Jäger, die in Begleitung von Sabater oder Ros bei uns im kleinen Haus an der Landstraße einkehrten, nach ihrer Mahlzeit immer pappsatt in der Stube saßen und philosophierten:

»Man muss die Jagd zu Ende bringen, sonst zahlt es einem das Wild früher oder später heim.«

An diesem Tag hatte ich schlechte Laune, weil alle Versuche, eine Grille zu fangen, missglückt waren. Zu guter Letzt setzte ich einen Bau unter Wasser, bis das arme Tier auf dem Rücken heraustrieb und verzweifelt mit den Beinchen zappelte. Ich wollte es gerade in ein Glas mit durchlöchertem Schraubdeckel setzen, als ich das Hupen hörte und die Staubwolke auf der Landstraße sah. Ich sprang auf und rannte zur Tür.

Nicht zu fassen! Dani saß am Steuer eines schwarzen, todschicken Autos mit zwei seitlichen Trittbrettern, die genauso aussahen wie die, auf die sich die Polizisten in den Stummfilmen schwangen, wenn sie sich auf flüchtende Ganoven stürzen wollten. Er trug seine schwarze Lederjacke, die er nicht einmal im Sommer ablegte, und die deutsche Motorradlederhaube. Bei meinem Anblick lachte er schallend auf.

»Juhuuuuu!«, jubelte er. Er streckte die eine Hand aus dem Fenster und drückte mit der anderen ausgelassen auf die Hupe.

Schon seit Monaten hatten Dani und der Besitzer der Werkstatt Stein und Bein geschworen, sie würden den alten Citroën wieder zum Laufen bringen, den die Männer des Revolutionskomitees während des Krieges im Wasserkraftwerk konfisziert hatten. Alle im Dorf hatten über ihr Vorhaben nur gelacht, denn die Männer des Komitees hatten den Wagen nur wenige Tage nach der Requirierung auf der Landstraße vor eine Platane gesetzt, und er war als Schrotthaufen in der hintersten Ecke der Werkstatt gelandet.

19

Im August trieb mich die Hitze in den Stunden, in denen die Sonne am höchsten stand, in den Schatten des Hauses. Die Leute im Dorf verrammelten Fenster und Fensterläden, um die sengende Glut auszusperren. Nur die Hunde wagten sich hinaus auf die Straße, wo sie auf der Suche nach einem kühlen Schattenplätzchen, an dem sie sich niederlassen konnten, kraftlos an den Mauern der Häuser entlangstrichen. Die Tage waren schwül und stickig, und als mir Dani eines Sonntags mitteilte, wir würden zum See gehen, frohlockte ich. Das ließ ich mir nicht zweimal sagen.

Auf dem Weg zum Badesee machten wir einen Abstecher ins Dorf, um das Mädchen mit den langen roten Zöpfen abzuholen. Sie hieß Raquel. Das hatte ich im Juni erfahren, als wir sie einmal sonntags bei Xifra getroffen hatten. Dort gab es würziges Griebenschmalz, und die Männer ließen mich Wermut mit Sodawasser kosten, was ich mir gern gefallen ließ. An diesem freien Morgen hatten wir mit ihr um den Marmortisch im Laden gesessen und uns prächtig amüsiert. Raquel war genauso hübsch und vergnügt wie meine Mutter und Senyora Stendhal. Sie besaß ein ansteckendes Lachen. Während Dani und sie die Köpfe zusammensteckten, sich tief in die Augen blickten und Süßholz raspelten, vertrieb ich mir die Zeit damit, die beiden Frauen des Hauses zu beobachten. Mutter und Tochter ähnelten einander wie ein Ei dem anderen, nur lagen zwanzig Jahre Altersunterschied zwischen ihnen. Sie waren die junge und die alte Version einer Person. Als ich sie so zusammen sah, schoss mir der Gedanke durch den Kopf, dass ich nicht gern jemanden an meiner Seite hätte, der mich die ganze Zeit daran erinnerte, wie ich im Alter aussähe. Aber mit solchen Erwachsenensorgen hielt ich mich damals nicht lange auf, und im Nu hatte ich es schon wieder vergessen.

Von den beiden Frauen bei Xifra mochte ich die Ältere lieber. Wenn sie einem Kunden Tabak verkaufte, öffnete sie die Tür eines Schränkchens hinter der Theke und schloss sie behutsam wieder, nachdem sie das Päckchen mit losem Tabak herausgeholt hatte. Die kleine Tür hatte keine Scheibe mehr, und es wäre für sie ein Leichtes gewesen, mit der Hand durch die Öffnung zu langen, anstatt die Tür jedes Mal aus alter Gewohnheit zu öffnen und zu schließen, wie zu der Zeit, als das Glas noch nicht zu Bruch gegangen war.

An dem Tag, an dem ich erfuhr, dass das Mädchen mit den langen kupferfarbenen Zöpfen Raquel hieß, erkundigte sich die Alte nach deren Großmutter. Sie wollte wissen, wie alt sie war.

»Sie ist gerade sechsundsiebzig geworden«, antwortete Raquel und strahlte vor Stolz.

»Neulich ist im Nachbardorf eine gestorben, die war vierundsiebzig«, entgegnete die Alte, während sie dem Schmied einen Wein servierte.

Raquel verzog das Gesicht. Von da an konnte ich die Alte bei Xifra nicht mehr leiden.

20

In dem Sommer damals gingen wir noch ein paarmal zum See. Das letzte Mal an einem Sonntag Mitte September, kurz bevor die Schule wieder anfing.

Wenn wir Raquel abholten, war Dani immer bester Laune. An diesen Tagen lächelte er wieder so wie vor dem Tod des Großvaters. Der See lag inmitten der Schonungen am Ende der langen Platanenallee, zu Füßen der Berge. Wenn im Sommer der Wasserstand des Baches sank, der ihn speiste, kam ein kleiner Strand mit Kieseln und Sand zum Vorschein. Die Wurzeln der Eschen und Erlen ragten bis ins Wasser, und am Ufer stand eine Eiche mit mächtigen Ästen, die eigens dorthin gepflanzt worden schien, damit Dani hinaufklettern und sich mit einem Salto ins Wasser stürzen konnte.

Nach dem Baden lagen Raquel und er dicht beieinander im Sand. Vom Wasser aus konnte ich sie lachen hören und sah, wie Dani Raquel zuerst mit Blicken und dann mit Küssen förmlich verschlang. Als wir uns schließlich bei Sonnenuntergang auf den Rückweg ins Dorf machten, pflückten sie Mohnknospen und ließen sich gegenseitig die Farben der Blüten erraten, wie kleine Kinder.

»Rot wie der Hahn, rosa wie die Henne oder weiß wie das Küken?«, fragte Dani.

»Rot wie der Hahn«, antwortete sie.

Dani brach die Knospe auf, und zum Vorschein kam eine leuchtend rote Blüte.

»Rot wie der Hahn!«, jubelte Raquel.

»Rot wie Blut«, entgegnete Dani und zog eine Grimasse. Sein Blick schweifte zu den Bergen hinter den Bäumen.

Raquel ging darüber hinweg. Lachend küsste sie ihn auf den Mund und drehte sich dann zu mir um und drückte mir einen Kuss auf die Wange.

An jenem Abend spürte ich im Bett, wie mir im ganzen Körper warm wurde. Mein Rückenmark durchzuckte ein elektrischer Schlag. Es war ein bisschen wie morgens, wenn ich vor dem Schulweg den Kopf an Senyora Stendhals Brust lehnte und ihren wunderbaren Duft aufsog, doch diesmal entwich alle Anspannung aus meinen Gliedern, und es war viel angenehmer.

Ich glaube, vor diesem Tag war mir das nur ein einziges Mal passiert. Es war im Jahr zuvor gewesen, im Internat. Damals war ich aus dem Unterricht geworfen worden. Zusammen mit einem Jungen, der traurig aussah und keine Freunde hatte, mir aber immer sympathisch gewesen war, hatte ich mit einer Papierkugel Fußball gespielt. Auch er war aus der Klasse geschickt worden. Wir drückten uns allein in der hintersten Ecke des Geographieraumes herum und bemühten uns, keinen Lärm zu machen, um nicht die Aufmerksamkeit der Priester auf uns zu ziehen. Als wir miteinander um den Ball rangelten, legte er mir mit einem Mal seine Hand auf das Geschlecht. Verblüfft blieb ich stehen und wusste nicht, wie ich reagieren sollte. Er schaute mich aus seinen traurigen Augen an, die immer ein bisschen so aussahen, als würden sie um Verzeihung bitten. Lächelnd griff er nach meiner Hand und führte sie zu seinem Hosenschlitz. So standen wir eine Weile da, und ich konnte spüren, wie sein Geschlecht in meiner Hand wuchs. Mein eigenes war da schon längst kurz vor dem Platzen. Plötzlich ließ er mich los. Er dribbelte mit dem Ball zu der Wand, die uns als Tor diente, und machte einen Punkt. Als er zurückkam, stand ich noch immer reglos da. Sanft strich er mir mit den Fingern über die Hand und grinste mich abermals schüchtern an, als wollte er um Verzeihung bitten. Auch ich lächelte ihn an und hatte nicht mehr gar so sehr das Bedürfnis ihn zu besiegen wie sonst, wenn wir aus der Klasse geschickt worden waren und Fußball gespielt hatten.

21

Dani gestikulierte wie ein Irrer, als er im Garten auftauchte. Die Schule hatte vor drei Tagen wieder begonnen, doch wir hatten noch keine Hausaufgaben auf, und so verbrachte ich vor dem Abendessen eine ganze Weile draußen und bewässerte die Beete, in denen noch das letzte Gemüse wuchs. Mit einem Mal stand Dani in der Küchentür. Er winkte mir zu und rief, ich solle die Arbeit Arbeit sein lassen. Sobald ich bei ihm war, zog er mich am Arm hinein. Ausgelassen kichernd zerrte er mich durch das ganze Haus, bis wir auf der anderen Seite an der Haustür ankamen. Bevor er sie öffnete, lachte er laut auf und hielt mir die Augen zu. Er ließ mich blind über den Kiesweg zwischen Senyora Stendhals Rosenstöcken tappen, bis ich kurz vor dem Straßenrand stehen bleiben sollte. Dann zog er plötzlich seine Hand weg.

»Jetzt darfst du gucken!«

Ich schlug die Augen auf. Mitten auf der schwarzen Motorhaube des Wagens, der früher einmal dem Wasserkraftwerk gehört hatte und den Dani und der Besitzer der Werkstatt repariert hatten, reckte sich eine Metallfigur in die Höhe, eine Art silberner Panther. Die beiden Hinterläufe waren auf das Blech geschweißt, während der Körper des Tieres mit drohend aufgerissenem Maul zum Sprung ansetzte.

»Das ist ein Jaguar«, erklärte Dani und brach in ein unbändiges Gelächter aus.

22

Samstags hatten wir nur am Vormittag Schule. Ich aß im Dorf bei Tante Montserrat und dem Schmied zu Mittag, weil Senyora Stendhal nach wie vor bei den Ribot kochte, die erst nach dem ersten Sonntag im Oktober in die Stadt zurückkehren würden. Es herrschte noch immer eine drückende Hitze, und nach dem Essen streifte ich mit dem ältesten Sohn des Arztes, der in diesem Sommer zu meinem besten Freund geworden war, durch die kleinen Wäldchen am Kanal. Auf dem Weg aus dem Dorf sahen wir hinter dem Xapo-Hof mit einem Mal die Zweige eines Feigenbaums zittern. Irgendetwas rüttelte daran, doch wir konnten nicht ausmachen, was es war. Wir dachten, es müsse ein Tier sein, doch als wir näher kamen, bot sich uns ein kurioser Anblick: Zwischen den Zweigen bewegte sich ein Schilfrohr wie von selbst auf und ab. Unter dem Baum war niemand zu sehen. Das obere Ende des Rohrs war wie zu einem großen Maul aufgebogen. Sobald es eine Feige erwischte, machte es eine kreisende

Bewegung, um sie abzupflücken, und verschwand wie von Zauberhand zu Füßen des Baumes. Im nächsten Moment tauchte das Rohr wieder auf und zupfte die nächste Feige ab.

»Komm! Das müssen wir uns aus der Nähe ansehen«, rief ich.

»Bist du sicher?«, fragte mein Freund erschrocken.

Als wir am Feigenbaum ankamen, entdeckten wir Siset vom Xapo-Hof. Er hatte sich in einem Graben versteckt, der ihn vor neugierigen Blicken abschirmte, und pflückte von dort aus mit dem Rohr die dicksten und reifsten Feigen. Mit einem breiten Grinsen schaute er uns entgegen. Er hatte sich eine ganze Feige in den Mund gesteckt, und während er sie zerkaute, zeigte sich auf seinem Gesicht der selige Ausdruck, der ihm im Dorf den Ruf eines Trottels eingetragen hatte.

»Warum hast du dich denn hier versteckt? Klaust du etwa deine eigenen Feigen?«

»Mein Vater will nicht, dass ich welche pflücke. Er sagt, an diesem Baum wachsen die besten aus dem ganzen Dorf, die sind nur für Senyor Ros.«

Dann schlug er vor, wir sollten uns jeder auch ein Rohr nehmen. Wir bogen die Enden mit einem Stein auf, damit die Feigen besser in die Öffnung passten, und begannen, die reifsten Früchte abzupflücken. Xapo hatte recht, sie waren wirklich zuckersüß. Vielleicht die besten Feigen, die ich je gegessen hatte.

Der Feigenbaum stand ein ganzes Stück vom Hof entfernt, doch drei Rohre, die ganz von allein auf und ab zuckten und an den Zweigen rüttelten, konnten nicht unentdeckt bleiben. Als urplötzlich Xapos Hund auftauchte, fürchteten wir, dass es sicher nicht lange dauern würde, bis ihm sein Herrchen folgen würde. Also rannten wir los, ohne uns auch nur einmal umzublicken. Erst im Wald kamen wir zum Stehen.

Wir waren noch nicht wieder ganz bei Atem, da fuhr uns schon der nächste Schreck in die Glieder: Hinter einer Korkeiche trat ein älterer Bursche mit strähnigem Haar und dreckstarrender, zerrissener Kleidung hervor und stürzte sich auf Siset. Der Sohn des Arztes und ich blieben wie angewurzelt stehen, doch Siset schlang seine Arme um den Nacken des Unbekannten. Er wirkte verblüfft, aber glücklich. Nachdem die beiden sich aus ihrer innigen Umarmung gelöst hatten, legte ihm der Fremde die Hände auf die Schultern und musterte ihn von Kopf bis Fuß. Dann endlich sagte er etwas.

»Junge, bist du aber gewachsen! Schnell, lauf nach Hause und sag Vater, dass ich mich stellen werde. Er soll sich keine Sorgen machen, sie tun mir bestimmt nichts. Ich habe nie einer Menschenseele etwas angetan.«

Verstohlen schielte er auf meine Hand, in der ich drei Feigen verbarg, die ich gepflückt hatte, bevor wir weggerannt waren. Ich streckte die Hand aus, und er steckte sich die Früchte mit einem dankbaren Lächeln in den Mund. Siset lachte und berührte ihn immer wieder, als könnte er einfach nicht glauben, dass sein großer Bruder Vador, der seit Kriegsende in den Bergen gewesen war, tatsächlich vor ihm stand und mit uns sprach. Sie fielen sich noch einmal in die Arme, dann wandte sich Xapos Ältester um und machte sich auf den Weg zur Kaserne des Dorfes.

Beim Abendessen klopfte der Schmied ans Küchenfenster und kam aufgeregt herein.

»Das Dorf wimmelt vor Polizisten. Sie haben die Gegend an der Bischofsquelle durchkämmt und einen armen Jungen, der sich dort versteckt hatte, niedergeschossen. Anscheinend ist er mit Xapos Ältestem aus den Bergen gekommen und hat auf ihn gewartet, um sich zu stellen. Aber sie haben ihm keine Chance gelassen.«

»Endet dieser Hass denn niemals?«, rief Senyora Stendhal. »Weiß man, was mit Vador ist?«

»Xapo ist zur Kaserne gegangen, um sich zu erkundigen, aber sie haben ihn nicht zu ihm gelassen. Er sagt, sie bringen ihn sicher um, denn er hat seinen Sohn schreien hören wie ein verwundetes Tier. Da er sich nicht abweisen ließ und darauf beharrte, seinen Jungen zu sehen, haben sie auch ihm eine Abreibung verpasst. Der Arzt hat ihn nach Hause auf den Hof gebracht und seine Wunden versorgt.«

Krachend ließ Dani die Faust auf den Tisch fallen, doch er sagte keinen Ton. Er drehte sich um. Zuerst sah es für mich so aus, als würde er aus dem Fenster zum Kirschbaum schauen, doch dann bemerkte ich, dass sein Blick zum Ende der Platanenallee schweifte. Der Vollmond tauchte die Berge in helles Licht. In dieser Nacht hatte der Nordwind den Himmel aufklaren lassen, und die Berge sahen aus, als wären sie zum Greifen nah.

23

Ich erwachte davon, dass zwei Frauenstimmen über Gott sprachen und darüber, wie man ein frommes Leben führte, und wusste gleich, dass ich nicht zu Hause sein konnte. Senyora Stendhal betete zwar jeden Tag, aber darüber zu reden wäre ihr unangenehm gewesen.

»Man muss weder große Opfer bringen noch stundenlang beten, um vor den Augen des Herrn in einem guten Licht zu erscheinen«, sagte die Stimme, die das Gespräch lenkte. »Man muss nur jeden Tag fleißig seine Arbeit tun.«

In dem ernsten, belehrenden Ton erkannte ich die Hausherrin. Mir fiel wieder ein, dass ich im Dorf übernachtet hatte, im Haus des Arztes. Senyora Stendhal sah meine Freundschaft mit seinem Sohn nicht gern. Ihrer Meinung nach sollte ich mich lieber mit Jungen aus unserer Schicht zusammentun. Dabei mochte und respektierte sie den Doktor, weil er alle Kranken des Dorfes aufsuchte, ohne Unterschiede zu machen, selbst die ärmsten Bauern. Doch jedermann wusste, dass er bei Ros und Sabater ein- und ausging und von den Ribot vom Wasserkraftwerk zum Essen eingeladen wurde, wenn er in der Stadt zu tun hatte. Aus diesem Grund bemühte sich Senyora Stendhal, meine Begeisterung für den Sohn des Arztes zu dämpfen. Umso größer war daher meine Überraschung gewesen, als sie mir eines Samstags im Oktober, am Vorabend des Patronatsfestes, erlaubt hatte, bei meinem Freund im Haus der Arztfamilie am Dorfplatz zu übernachten. Sie und Dani waren mit Xapo und seiner Frau in die Stadt gefahren, wo diese dem Prozess ihres älteren Sohnes vor dem obersten Gericht beiwohnen wollten.

Die Stimmen, die sich darüber unterhielten, wie man ein gottgefälliges Leben führt, kamen näher, dann betraten die beiden Frauen unser Zimmer. Ich erkannte das Dienstmädchen, das am Abend zuvor das Essen aufgetragen hatte. Sie ging schnurstracks zum Fenster, zog die Jalousie hoch und öffnete die Fensterläden. Die kühle Morgenluft strömte ins Zimmer, das die Frauen wieder verließen, ohne auch nur ein Wort an uns zu richten.

»Gehen wir die Betten der Kleinen machen«, sagte die Frau des Arztes vor der Tür. Einen Moment später hörte ich ihre Stimmen am anderen Ende des Flurs.

Mein Freund schlief noch; ihn störten anscheinend weder die Kälte noch das Licht oder die Geräusche, die zum Fenster hereinkamen. Die frische Brise von den Bergen kühlte den Raum im Nu ab, und ich schlang die Decke fester um mich. Die Frauen verstummten. In der Küche im Erdgeschoss schepperte es. Vermutlich war die Köchin bereits bei den Vorbereitungen für das Mittagessen. Es war ein wohliges Gefühl, im Bett zu liegen und auf die Betriebsamkeit im Haus zu lauschen.

Als wir schließlich aufstanden, roch es im ganzen Haus frisch und sauber. Es war rasch wieder mollig warm geworden, denn in allen Zimmern waren Heizkörper. Ich kam um vor Hunger, doch da wir vor der Kommunion fasten sollten, durften wir erst nach der Messe frühstücken. Im Esszimmer und im Wohnzimmer lagen Teppiche, und an den Wänden zwischen den wohlgefüllten Bücherregalen hingen Gemälde. Die Kinder des Arztes besaßen ein eigenes Zimmer für ihre Spielsachen. Sie holten aus einem Schrank ein Spiel heraus, bei dem kleine Automatenmännchen auf einer Skipiste fuhren. Ich konnte mich nicht daran sattsehen, wie die Skifahrer mit ausholenden S-Schwüngen einen beschneiten Hang hinabsausten. Sobald sie ihr Ziel erreichten, brachte sie ein verborgener Mechanismus wieder zurück nach oben an den Ausgangspunkt der Piste. Es machte Spaß, dem stetigen Auf und Ab der Skifahrer zuzusehen, aber nach einer Weile verlor ich mein Herz an etwas anderes: eine Glaskugel mit einem kleinen Dorf und beschneiten Bergen. Wenn man die Kugel umdrehte, begann es auf die kleinen Holzhäuschen und die Tannenwälder zu schneien, und ein Uhrwerk spielte eine Melodie wie bei einer Spieldose. Mein Freund erzählte mir, das seien Weihnachtslieder. Wir würden sie nicht kennen, denn sie kämen, genau wie das Automatenspiel, aus dem Ausland, aus Deutschland oder der Schweiz.

Das Haus am Dorfplatz steckte voller Überraschungen. Beim Mittagessen erfuhr ich, dass der Arzt einen alten Filmprojektor besaß, den er zusammen mit den Lichterketten, dem Weihnachtsschmuck und den Tonfiguren der Krippe auf dem Schuhschrank in der Garderobe aufbewahrte. Er hatte ihn aus zweiter Hand gekauft und ohne Aufpreis ein paar Stummfilme dazubekommen. Auch die Filmspulen lagen auf dem Schrank, sorgsam in eine helle Damastdecke eingewickelt, mit der sonst an Heiligabend der Tió zugedeckt wurde, der dicke Holzscheit mit dem lustigen Gesicht, der den Kindern der Familie Süßigkeiten brachte.

Der Projektor sah ein bisschen windschief aus, und ihn in Gang zu setzen war ein vertracktes Unterfangen. Vielleicht lag es daran, dass der Arzt ihn nur wenige Male im Jahr vom Schrank herunterholte, an einem der Weihnachtsfeiertage etwa oder anlässlich einer Taufe oder Kommunion, Feiern also, die sich in einer Familie mit sechs Geschwistern praktisch jährlich wiederholten. Offenbar fand der Arzt, auch mein Besuch sei ein besonderer Anlass, denn nachdem er das Tischgebet gesprochen hatte, überraschte er seine Familie mit der Ankündigung, nach dem Essen gäbe es »Kino«. Wir quittierten das Versprechen mit großem Hurrageschrei.

Nach dem Nachtisch blieben wir im Esszimmer. Wir setzten uns auf den Boden, während die Frauen des Hauses den Tisch abdeckten und ein weißes Leintuch vor die Schiebetüren des Wintergartens hängten. Der Arzt trug ein Tischchen vor den Kamin auf der gegenüberliegenden Seite des Raumes und stellte den Projektor darauf. Fiebernd verfolgten wir die Vorbereitungen, die sich eine gute Stunde hinzogen, als wären sie bereits der erste Teil der Vorstellung. Wir beklatschten jeden einzelnen erfolgreich zu Ende gebrachten Handgriff, und nachdem der Vater meines Freundes ein Buch unter die Füße des Projektors gelegt hatte, hieß es endlich, nun sei alles bereit.

Es trat eine feierliche Stille ein. Der Arzt bat, jemand solle das Licht löschen, und schon begann der Film vor der Projektorlinse über ein geheimnisvolles Getriebe von Spule zu Spule zu laufen. Der Apparat gab ein-, zweimal ein durchdringendes metallisches Knirschen von sich, als würde er auseinanderfallen, aber dann tauchten mit einem Mal auf der Leinwand Zahlen auf, die von zehn bis null rückwärts zählten und schließlich dem Titel des Films wichen: *Die Kur* mit Charlie Chaplin. Wir jubelten und klatschten so laut in die Hände, dass der Arzt drohen musste, er würde den Film ausfallen lassen, um die Disziplin im Esszimmer wiederherzustellen.

Am Abend, nach Einbruch der Dunkelheit, holte Dani mich ab. Während wir auf das Motorrad stiegen, beobachtete ich, wie ihm der Arzt einen fragenden Blick zuwarf. Sicher wollte er wissen, wie der Prozess gegen Vador ausgegangen war. Dani schüttelte kurz den Kopf und zuckte mit den Schultern.

»In vierzehn Tagen wird er hingerichtet«, sagte er und ließ wütend den Motor aufheulen.

24

Es muss gegen Mittag gewesen sein, denn wir sollten uns vor dem Essen in der Mitte des Schulhofes aufstellen, als plötzlich Sirenen aufheulten. Das Geräusch kam vom Eingang des Dorfes her, dort, wo oberhalb der Post und der Waage die schlichteren Häuser lagen. Ich war noch nicht oft in der Gegend gewesen, denn mein Zuhause lag in der entgegengesetzten Richtung. Einmal hatte Senyora Stendhal mich für eine Besorgung dorthin geschickt, und ein anderes Mal war ich mit dem Sohn des Arztes dort gewesen, an einem Sonntag im Sommer, als wir einen Jungen vom Wasserkraftwerk abgeholt hatten, mit dem wir gemeinsam zum Angeln gehen wollten.

Das schrille Heulen der Sirenen wurde von den Häuserwänden zurückgeworfen, doch plötzlich hörten wir, wie ganz in der Nähe Reifen quietschten. Es klang, als wäre ein Auto auf dem Weg zur Plaça Petita ins Schleudern geraten, vielleicht war es aber auch noch näher, gleich oberhalb der

Schule. Die martialisch anmutende Aufstellung in Reih und Glied, zu der wir immer verdonnert wurden, löste sich im Nu auf, weil wir uns alle umwandten, in der Hoffnung, etwas sehen zu können. Ein Wagen schoss an der Schule vorüber, so schnell, dass man hätte meinen können, der Teufel wäre hinter ihm her.

Da gab es kein Halten mehr. Wir rannten zum Schultor. Laut schimpfend versuchte der Priester, dem wilden Durcheinander Einhalt zu gebieten.

»Aufstellen! Sofort zurück in die Reihe!«

Ich drehte mich im Laufen um und sah ihn auf der Stufe vor dem Eingang stehen, das Gesicht genauso hochrot wie an dem Tag, an dem er aus dem Klassenzimmer gerauscht war und dabei die Scheiben der Tür zum Zersplittern gebracht hatte. Keiner beachtete ihn, und das freute mich. Dann fiel mein Blick auf den hageren Lehrer, der an der Tür zu unserem Klassenzimmer stand und sinnierend zu den Bergen schaute. Es kam mir vor, als zitterte er, aber beschwören könnte ich es nicht, denn während ich zurückgeschaut hatte, war ich von vielen meiner Mitschüler überholt worden. Nun musste ich mich sputen, um sie einzuholen und mir einen Platz in der ersten Reihe zu erkämpfen.

Keuchend kam ich am Schultor an und konnte gerade noch rechtzeitig meine Nase durch die eisernen Gitterstäbe stecken, als zwei Motorräder deutscher Fabrikation, wie das von Dani, mit Vollgas vorbeischossen. Gleich darauf rasten zwei Autos und ein Lastwagen voller Militärpolizisten vorüber. Genau vor dem Schultor heulten die Sirenen der Autos auf, wie ein schriller Schrei, der nichts Gutes verhieß. Wie gelähmt blieben wir stehen, die Gesichter bleich vor Furcht. Da gelang es dem Priester endlich, sich Gehör zu verschaffen.

»Aufstellen! Ihr bleibt für den Rest der Mittagspause auf dem Hof stehen und rührt euch nicht! Und heute Nachmittag fällt der Unterricht aus. Stattdessen beten wir den Rosenkranz.«

Der Lehrer verschwand im Klassenraum, und wir trotteten in kleinen Grüppchen, wie zersprengtes Herdenvieh, in die Mitte des Schulhofs.

Just in dem Moment, in dem wir uns in einer Reihe aufstellen wollten, hörten wir einen ohrenbetäubenden Knall. Gleich darauf erscholl eine Gewehrsalve. Der Krieg war noch nicht lange aus, und wir kannten das metallische Geräusch genau. Wir erstarrten. Als wir erneut das Quietschen der Reifen und das Heulen der Sirenen vernahmen, hatten sie sich bereits ein ganzes Stück entfernt, sie waren schon jenseits der Kreuzung. Doch anstatt in die Platanenallee einzubiegen, in die Richtung des kleinen weißen Hauses, fuhren die Autos offenbar auf die Berge zu.

Der Priester wirkte ebenso erschrocken wie wir. Dennoch versuchte er die Ordnung wiederherzustellen und befahl uns, uns in Reih und Glied aufzustellen. Mechanisch tat ich das, was die anderen taten, aber es gelang mir nicht, mich auf die Anweisungen zu konzentrieren. In meinem Kopf dröhnte das Echo der Schüsse, die soeben gefallen waren, wie Hammerschläge. Wie damals, an dem Tag, an dem meine Mutter zur Plaça de Sant Pere hinuntergegangen war, um den Verwundeten zu helfen, und ich den Schuss gehört und gleich darauf gesehen hatte, wie sie vornüberfiel und reglos auf dem jungen Mann liegen blieb, der einen Moment zuvor in ihren Armen gestorben war.

Ich weiß nicht warum, aber ich musste in diesem Augenblick an Dani und sein schwarzes Auto denken. Sollten sie eines Tages hinter ihm her sein, würden sie ihn nicht kriegen, da konnten sie noch so sehr Gas geben. In der ganzen Gegend gab es keinen zweiten Wagen, der so schnell war. Mit dem schwarzen Citroën aus der Werkstatt war Dani unbesiegbar. Dessen war ich mir ganz sicher und fühlte mich bei dem Gedanken gleich getröstet.

Als wir aus der Schule kamen, wimmelte das Dorf von Fremden, die herumschrien und aufgeregt hin und her rannten. Es herrschte ein Riesendurcheinander. Militärpolizisten und Soldaten drängten sich neben Zivilisten, sicher Leute aus der Stadt, weil sie so gute Jacken und Mäntel trugen. An der Ecke, an der die Carrer de l'Església in den Platz mündete, unterhielt sich ein Mann, der feiner angezogen war als die übrigen, mit Sabater. Sie schienen sich gut zu kennen, denn sie lachten die ganze Zeit. Offenbar hatte dieser Mann das Sagen, denn ein paar Polizisten traten zu ihm und rannten gleich darauf los, um den anderen Befehle zu erteilen, die sich daraufhin in Bewegung setzten. Dann überbrachte der kleine, schmierige Verwalter den beiden eine Nachricht. Abermals lachten sie zufrieden.

Zuerst beobachteten wir Kinder die Szene von Weitem, doch nach und nach rückten wir immer näher heran. Sowie wir den Platz erreichten, verstummten die Männer, die in Trauben herumstanden und sich unterhielten. Sie musterten uns und traten nach zwei Seiten auseinander, um uns passieren zu lassen. Erschrocken gingen die Kleinsten von uns schneller. Da hörte ich, wie Sabater nach den Söhnen des Verwalters und des Arztes rief.

»Lauf rasch nach Hause. Für den Rest des Tages gehst du

nicht mehr vor die Tür«, befahl er dem Sohn seines Schergen, und zu meinem Freund sagte er: »Du bleibst bei uns. Du wirst gleich abgeholt und nach Hause gebracht.«

Mir warf Sabater bloß einen giftigen Blick zu. Zwei Männer, einer im Trenchcoat und einer mit einem Glasauge, stellten sich mir drohend in den Weg.

Kaum traten sie zur Seite, rannte ich los. Kurz vor den letzten Häusern des Dorfes hielt ich an, um Luft zu holen. Ich schaute mich um. Sabater und der Mann, der das Kommando hatte, sahen mir noch immer nach. Erschrocken lief ich weiter, über die Kreuzung hinaus, und blieb erst wieder stehen, als ich an dem kleinen Haus an der Landstraße mit den Bäumen angekommen war.

Zweiter Teil

Das Internat

25

Das Erste, was ich bei meiner Ankunft im Internat sah, waren meine Klassenkameraden. Sie standen in einer Reihe an, um sich Pappen und buntes Papier für Laternen zum Fest der Unbefleckten Empfängnis zu holen. Unwillkürlich suchte ich nach dem Jungen mit dem traurigen Blick, konnte ihn aber nicht entdecken. Auf unserem Weg durch die dämmerigen Flure erkannte ich Schüler anderer Jahrgänge, die mir zunickten und fragend nachsahen. Manche von denen, die ich bisher noch nicht kannte, musterten mich mit der unverhohlenen Neugier, die das Eintreffen eines neuen Schülers immer hervorruft.

Der Hauspräfekt ging voran. Der Schmied und Senyora Stendhal folgten ihm. Hin und wieder drehte sie sich nach mir um, als wollte sie etwas sagen, aber sie schwieg. Im fünften Stock am Ende des Flures angekommen, stiegen wir drei steinerne Stufen hinab und betraten den ältesten Teil des Gebäudes, den Teil, den ich nur zu gut kannte: In diesem

Trakt waren die Famuli untergebracht, die Jungen, die, wie ich, für das Schulgeld arbeiten mussten. Senyora Stendhal weinte. Als der Präfekt die Kammer aufschloss und uns allein ließ, blieb sie kurz auf der Türschwelle stehen. Sie wischte sich mit dem Ärmel ihres Kleides über die Augen und sagte feierlich: »Sowie ich eigenes Geld verdiene, wechselst du zu den zahlenden Schülern!«

»Famulus zu sein ist gar nicht so schlimm«, beschwichtigte ich. »Aber ich werde sicher furchtbares Heimweh haben!«

Meine zweite Erinnerung an diesen Abend ist eine Szene in meinem Zimmer. Der Schmied hatte meinen Koffer abgestellt und uns allein gelassen. Senyora Stendhal räumte meine Kleidung in die Schrankfächer und ermahnte mich, ich solle das Bett beziehen. Tränenüberströmt gab sie mir allerlei Ratschläge, die ich mir erschrocken anhörte. Sonst war sie doch so stark, eine Frau, die sich ihre Sorgen niemals anmerken ließ.

»Tu, was man dir sagt. Hör auf die Patres«, schärfte sie mir mit flehendem Blick ein. Dann fuhr sie energisch fort: »Du musst lernen. Nutze die Zeit. Und bete, für deine Mutter, für den Großvater, für mich, für Dani ... und für Ros. Senyor Ros war ein guter Mensch.«

Sie schloss mich so fest in die Arme, dass es wehtat. Dann ging sie davon, ohne sich noch einmal umzuschauen. Ich trat auf den Balkon hinaus und harrte dort aus, bis ich sie in der kleinen Gestalt erkannte, die aus der Tür des Kreuzgangs kam und zu dem am anderen Ende des Geländes wartenden Lieferwagen eilte. Senyora Stendhal stieg ein, der Schmied wendete und bog vor dem Denkmal für die Toten des Krieges auf die Landstraße ein. Hinter der ersten Kurve verschwand der Wagen kurz, doch auf der Abfahrt zur Teufelsbrücke tauchte er gleich darauf wieder auf. Dann verschluckte ihn die Landstraße nach der zweiten Kurve endgültig, und ich begriff, dass sie nicht mehr zurückkehren würden.

Reglos blieb ich auf dem Balkon stehen und hing meinen Gedanken nach. Ich schaute auf die Landstraße hinab und musste weinen. An diesem 22. November 1943 war ich unversehens ins Internat zurückgekehrt und hatte keine Ahnung, wie lange ich dort bleiben musste. Ich wusste nur eins: Von diesem Tag an würde ich nur zu Weihnachten und zu Ostern nach Hause fahren dürfen. Ich hatte jetzt schon Heimweh.

Auf diesem Balkon verbrachte ich unzählige schlaflose Nächte und schaute in den wolkenlosen winterlichen Sternenhimmel hinauf, wenn ich endlich in meine Kammer gehen konnte, nachdem ich den Speisesaal der Internatsschüler aufgeräumt, gekehrt und in der Küche die Töpfe geschrubbt hatte. Die Nächte waren eiskalt und so klar, dass man in den Bergen hätte wandern können, als wäre es noch immer helllichter Tag. Es waren einsame Nächte, in denen die Stunden quälend langsam verstrichen. Ich malte mir aus, wie Senyora Stendhal um diese Zeit in der Küche Ordnung machte, und vermisste sie so sehr, dass es mir körperlich wehtat. Auf dem Balkon lernte ich, jedes Bild, jede Geste, jedes Wort aus der Zeit im Haus an der Landstraße wie einen Schatz zu hüten. So konnte ich mich Senyora Stendhal und Dani auch aus der Ferne nahe fühlen und das Andenken an meine Mutter und den Großvater bewahren. Ich lernte, mit ihrer schmerzhaften Abwesenheit zu leben und aus der Erinnerung einen Sieg zu machen. Und ich begann, im tiefsten Inneren meiner Seele die Details dieser Geschichte zu speichern, die mir nun wieder so lebhaft vor Augen stehen.

26

Der Junge mit dem traurigen Blick war ein wortkarger Bursche. Ich sah ihn erst beim Abendessen, als die Internatsschüler in den Speisesaal strömten und wir Famuli an den Tischen bedienen mussten. Unter dem Vorwand, mir meinen Weg durch die Reihe der Schüler bahnen zu müssen, um die Suppenterrine auf den Tisch zu stellen, blieb ich hinter ihm stehen.

»Wie geht es dir?«, fragte ich.

»Hallo!«, antwortete er nur. Aber ein schüchternes Lächeln umspielte seinen Mund, und ich sah, wie er bebte. Da wusste ich, dass er sich über meine Rückkehr freute.

27

Ich kam erst in meine Kammer, nachdem die Lichter bereits gelöscht worden waren. Das ganze Internat lag im Dunkeln. Als Willkommensgeschenk hatte mir die Dogge aufgetragen, die großen, nach angebranntem, ungenießbarem Gries stinkenden Schüsseln zu spülen. Der Aufseher der Famuli hatte es auf mich abgesehen, aber unsere Abneigung beruhte auf Gegenseitigkeit. Ich konnte ihn auch nicht leiden.

Mir blieb kaum Zeit, mich zu waschen, und ich war noch längst nicht im Bett, da kam schon Pater Planas, um die Tür für die Nacht abzuschließen.

»Möge der Herrgott in dieser Nacht über uns wachen«, sagte der Priester.

»Gott schenke uns eine gute Nacht«, erwiderte ich mechanisch, während die kleine Gestalt des Geistlichen hinter der Tür verschwand. Er hatte mich mit einem eigenartigen Blick bedacht. Alle schauten mich neuerdings so seltsam an.

Die Tür fiel ins Schloss, und ich konnte hören, wie der

Riegel vorgeschoben wurde. Ich wartete einen Moment, und sobald sich das Klappern der zugeschlagenen Zimmertüren entfernte, stand ich auf und steckte meine Zahnbürste ins Schloss, um es auch von innen zu blockieren. Dann holte ich ein Buch heraus, das zwischen meinen Kleidern versteckt lag, und trat auf den Balkon hinaus.

»Dani!«, rief ich leise.

Wo steckte Dani? Vor drei Tagen war er ohne ein Wort verschwunden. Danach war alles sehr schnell gegangen. Sabaters Männer waren in das kleine Haus an der Landstraße eingedrungen, und der schmierige Verwalter hatte Senyora Stendhal erklärt, wir müssten ausziehen.

»Ich habe dich ja gewarnt«, spie er ihr ins Gesicht, während wir unsere Habseligkeiten zusammenklaubten. »Du hast dich immer für was Besseres gehalten, aber du bist bloß eine ganz gewöhnliche Hure.«

In der ersten Nacht schliefen wir im Dorf, in der Wohnung über der Schmiede, doch am nächsten Tag tauchte der Verwalter wieder auf, diesmal in Begleitung eines Polizisten, und herrschte uns an, wir könnten nicht im Dorf bleiben. Also verbrachten wir die zweite Nacht in der Stadt, an der Plaça de Sant Pere, in der Wohnung der haltlos weinenden Freundinnen meiner Mutter. Und in der dritten Nacht war ich wieder im Internat.

Aber was war eigentlich los? Und wo war Dani? Er konnte doch nicht einfach fortgehen, ohne Bescheid zu sagen. Wieso hatte er uns nicht gesagt, was er vorhatte und wohin er fuhr, wie er es sonst immer tat, wenn er mit dem Besitzer der Werkstatt auf den abgelegensten Höfen der Gegend irgendwelche Maschinen reparieren musste? War ihm denn nicht klar, dass Senyora Stendhal sich Sorgen machte?

Wusste er nicht, dass ich Todesangst hatte? Um Gottes willen, Dani!

Es musste eine Erklärung geben. Vielleicht war er in der Stadt und wollte uns eine Überraschung bereiten, womöglich würde er bald wiederkommen und verkünden, er habe für Senyora Stendhal ein Restaurant eingerichtet und für mich eine Schule gefunden, in der alle so waren wie der hagere Lehrer. Der hatte am ganzen Leib gebebt und mich zum Abschied fest in die Arme geschlossen, als Senyora Stendhal und der Schmied mich am Schultor abholten. Der Lieferwagen fuhr schon an, da kam er mit einem Buch aus der Klasse gelaufen, das er in ein Tuch eingeschlagen hatte. Dieses Buch, *Die Enthauptungen* eines Dichters, der sich Pere Quart nannte, hielt ich nun in der Hand, während mein Blick über die Berge schweifte, irgendwo in die Ferne, in einen Himmel, der in dieser stürmischen Nacht sternenklar war. Das Mondlicht reichte zum Lesen nicht aus, aber ich brauchte es nicht. In den letzten drei Tagen hatte ich das Buch mehr als zwanzig Mal gelesen und kannte die Gedichte, und vor allem die Widmung für den Großvater, längst auswendig: »Für meinen Freund Dídac, den Philosophen und Kämpfer, der weiß, wie aus Worten mächtige Waffen im Dienst der Freiheit werden.«

28

Als Pater François mich weckte, schliefen alle anderen noch. Er hatte mir angeboten, ihm bei der Messe zur Hand zu gehen, wie ich es früher oft getan hatte, vor allem in meinem letzten Trimester zwei Jahre zuvor. Der Ministrantendienst brachte es zwar mit sich, dass ich schon um sechs Uhr aufstehen musste, doch er ersparte mir die erste Pflicht des Tages: Ich würde nicht das Nachtgeschirr der Internatsschüler einsammeln müssen. Am ersten Morgen nach meiner Rückkehr ins Internat hätte ich den Anblick der vierhundert mit Urin und Kot gefüllten Nachttöpfe neben den Zimmertüren noch nicht ertragen.

»*Bonjour*«, begrüßte mich Pater François, sowie er den Kopf durch den Türspalt steckte.

»*Bonjour.*« Meine Antwort kam nicht gleich. Es dauerte einen Moment, bis ich begriff, dass ich wieder im Internat war.

Pater François stammte aus einem Dorf an der Küste und

hieß eigentlich Francesc, aber er hatte sich partout in den Kopf gesetzt, mir Fremdsprachen beizubringen, und weigerte sich daher, etwas anderes mit mir zu sprechen als Französisch.

»Dépêchez-vous! Nous sommes en retard! Je vous attends en bas.«

Er wollte mich davon überzeugen, dass mir im Leben nichts so nützlich sein werde wie die französische Sprache.

»Un jour, tout le monde parlera en français«, behauptete er. Und ich hatte nichts dagegen, denn der Großvater hatte immer gesagt, wenn ich Fremdsprachen lernte, könne ich dieses elende Land hinter mir lassen.

Fünf Minuten später hatte ich dem Pater die Albe angezogen und half ihm, das grüne Messgewand überzustreifen. Ich selbst trug das weiße Ministrantengewand über meinem grauen Famulus-Kittel. Er legte sich die Stola um, und wir eilten aus der Sakristei. Zu unserem Missfallen mussten wir feststellen, dass an den Altären beiderseits der Empore, die das zentrale Kirchenschiff überragte, bereits ein Dutzend Priester die Messe lasen. Um einen freien Altar zu finden, mussten wir bis in den Chorraum gehen. Dort stellten wir uns zwischen Pater Clenxa und Pater Pitu, die just in diesem Moment mit ihren Messen begannen. Die drei Geistlichen setzten zu einem kaum verhohlenen Wettstreit an, wer als Erster fertig wäre: In dem Moment, da Pater Clenxa die ausgebreiteten Arme zur Decke des Gotteshauses hob, hielt Pater Pitu den Kelch empor, und Pater François beeilte sich, das Knie zu beugen. Wir müssen ein seltsames Bild abgegeben haben, je ein Pater mit Messdiener am Altar, wie wir gestikulierten, rezitierten und versetzt die Glöckchen klingeln ließen. Bei dem lauten Stimmengewirr musste ich unwillkürlich an die Obst- und Gemüsestände auf dem Markt in der Stadt denken, zu dem ich Senyora Stendhal einmal samstags hatte begleiten dürfen.

Bei der Wandlung hatten wir die anderen Priester eingeholt, und in dem Moment, da Pater François verkündete, dass wir gehen könnten – *»Ite, missa est«* –, waren sie erst bei der Kommunion. Vermutlich war Pater François der Priester, der die kürzesten Messen der ganzen Provinz abhielt. Deshalb war ich so gern sein Ministrant.

»Demain, je passerai vous réveiller à la même heure«, verabschiedete er sich beim Verlassen der Sakristei.

An der Kirchentür stieß ich auf meine Klassenkameraden, die zur allgemeinen Messe hereinströmten. Der Junge mit dem traurigen Blick und ich lächelten uns zu, dann lief ich rasch in die Küche, um mir etwas zum Frühstücken zu holen.

Unterdessen scheuchte die Dogge die Famuli herum, die die Nachttöpfe einsammeln mussten. Mir blieb eine gute halbe Stunde, bevor er herunterkommen und die Schichten für das Tischdecken einteilen würde. Während dieser halben Stunde konnte ich nach Herzenslust durchs Internat streifen und tun, wonach immer mir der Sinn stand, ohne dass mich irgendwer herumkommandierte. Es fühlte sich an wie im Sommer, wenn ich im Haus an der Landstraße allein im Garten gewesen war und mit meiner Zeit tun und lassen konnte, was ich wollte. Und wenn ich es satt hatte, Portulak auszureißen, hatte ich mich einfach irgendwo am Rand der Beete auf den Boden gelegt, um Grillen zu fangen, oder war ziellos durchs Gehölz der Schonungen gestreift und hatte dem Wind gelauscht, der in den Blättern der Pappeln rauschte und mir vom Großvater erzählte.

29

Im Internat, fern von Dani, war alles vorhersagbar. Langweilig. Was geschah, geschah unabwendbar, und ich war dagegen machtlos. Der Herbst verstrich schleppend, ohne besondere Vorkommnisse. Ich erinnere mich vage daran, welches Unbehagen mir das herrische Auftreten der Dogge anfangs bereitete. Präsenter ist mir, wie aus diesem Unbehagen kalte Wut wurde, als ich erkannte, dass er uns misshandeln konnte, ohne befürchten zu müssen, dafür je zur Rechenschaft gezogen zu werden. Er wusste nur zu genau, dass wir uns nicht wehren konnten: Verstöße gegen die Disziplin führten bei den Famuli automatisch zum Schulverweis.

Viel mehr Erwähnenswertes könnte ich über diese Wochen nicht berichten. Allenfalls der Nachgeschmack von Blut, wenn wir Jungs uns prügelten, ist mir noch gegenwärtig. Einmal hatte sich ein feister Kerl mit Mundgeruch, der mich an den Sohn von Sabaters Verwalter erinnerte, auf mich gestürzt und mich ins Gesicht geboxt. Er piesackte ständig die Kleinsten aus der Klasse, und an diesem Tag hatte ich Tià, den Jungen mit dem traurigen Blick, vor ihm in Schutz genommen.

»Du bist ein mieser Feigling!«, warf ich ihm an den Kopf und ließ ihn nicht aus den Augen. Ich hoffte, er würde klein beigeben, ohne dass es unumgänglich auf einen Kampf herauslief, den ich nur verlieren konnte.

Im nächsten Moment lag ich schon auf dem Boden. Mit den Knien drückte er meine zu beiden Seiten ausgestreckten Arme herunter. Weil ich mich nicht wehren konnte, wären mir vor Wut fast die Tränen gekommen. Jetzt verstand ich Dani: Wir waren in der Überzahl, aber es gewannen immer die anderen. Sie bestimmten, wo es langging, und wir mussten unseren Groll hinunterschlucken. Der Junge hatte alle Trümpfe auf seiner Seite, um mich fertigzumachen. Er ballte die Fäuste und drosch erbittert auf mich ein: Sein erster Hieb brach mir die Nase, vom zweiten platzte meine Lippe auf. Ich konnte nur noch verschwommen sehen und war drauf und dran, das Bewusstsein zu verlieren, aber der Schmerz war so stark, dass ich ihn irgendwann nicht mehr spürte. Ich hatte den metallischen Geschmack von Blut im Mund, und mein Verstand setzte aus. Reflexhaft winkelte ich die Beine an, bis ich seinen Kopf zu fassen bekam und ihn in den Schwitzkasten nahm, sodass ihm die Luft ausging. Der Gegenangriff war für ihn völlig überraschend gekommen. Miteinander ringend wälzten wir uns hin und her. Mal war der eine oben, mal der andere. Als ich ihn endlich unter mir hatte, klemmte ich rasch mit den Knien nun auch seine Arme ein.

»Und jetzt? Du Schweinehund! Und jetzt?«

In der geballten Faust, die ich hob, um ihm seine widerliche Fresse zu polieren, steckte meine ganze unterdrückte Wut. Ein Schrei ließ mich innehalten.

»Nein! Tu das nicht!«

Es war der kluge Rat eines erfahrenen Famulus, der der Prügelei von Weitem zuschaute. Er war zwei Schuljahre über mir und sah kommen, welche Folgen mein Racheakt haben würde. Ich blickte auf den Fettklops herab, dem der Speichel aus dem Mund lief. Seine Augen waren aus den Höhlen getreten. Sicher fragte er sich, was los war. Auch ich war verunsichert. Da fiel mir plötzlich ein, was Dani gesagt hatte.

»Irgendwann kommt der Moment, in dem du nichts mehr zu verlieren hast, in dem es nicht mehr schlimmer werden kann. Dann bist du der Stärkere!«

Ich spuckte dem Fettsack ins Gesicht, stand auf und trollte mich. Der Junge mit dem traurigen Blick kam mir nach.

»Warum hast du ihm nicht eins auf die Schnauze gegeben?«

»Du weißt, dass ich das nicht konnte.«

»Warum hast du dich dann überhaupt eingemischt?«

»Weil er ein Arschloch ist.«

»Und dann machst du ihn nicht fertig? Ich verstehe dich nicht.«

»Ich auch nicht. Ich überlege nicht lange. Mich interessiert bloß, ob ich gewinnen könnte. Sobald ich weiß, dass ich dazu in der Lage bin, muss ich es nicht mehr beweisen.«

»Ich kapiere das alles nicht! Wie kannst du dich von so einem besiegen lassen? Wieso schickst du diese Kerle nicht alle zur Hölle? Ich begreife nicht, wie du es ertragen kannst, jeden Morgen die Scheiße aus ihren Zimmern zu holen!«

Ich lachte auf.

»Ich habe mit dem Großvater auf dem Xapo-Hof geholfen, den Schweinestall auszumisten. Wo ist da der Unterschied?«

In seiner Wut versuchte er, mich zu provozieren.

»Willst du denn nicht etwas dagegen unternehmen? Willst du dich nicht wehren?«

»Dani sagt, die Welt ist in zwei Lager geteilt: ihres und unseres. Wir stchen immer auf der Verliererseite. Du bist zwar einer von ihnen, aber eigentlich müsstest du es verstehen, weil es dir ähnlich geht wie uns: Für dich laufen die Dinge auch nicht viel besser.«

»Ich bin auf deiner Seite.«

»Das kann man sich nicht aussuchen. Es entscheidet sich bei der Geburt, wohin man gehört, und du gehörst zu den anderen.«

»Mir sind beide Seiten egal. Ich gehöre zu der, auf der du bist!«

Die Dogge bellte unablässig, und beim geringsten Anlass schnappte sie zu. Irgendwer hatte dem Aufseher der Famuli zugetragen, dass ich mich mit dem Fettsack geprügelt hatte, und er nutzte die Gelegenheit, um zu beißen. Er kam in mein Zimmer gerauscht, nachdem die Lichter längst gelöscht waren. Ich stand auf dem Balkon und schaute zu den Bergen hinauf: In meinem Eckchen dachte ich mir immer abenteuerlichere Rechtfertigungen für Danis Abwesenheit aus. Jede Nacht stellte ich mir zigmal vor, wie ich ihn fand und wieder verlor. Es war eine Qual: Ich weinte, wenn Dani in meinen Träumen auftauchte, um mir sein Geheimnis zu verraten, und brach erneut in Tränen aus, wenn mir beim Aufwachen bewusst wurde, dass ich allein auf dem Balkon des Internats war.

An diesem Abend hatte ich versäumt, das Schloss mit der Zahnbürste zu blockieren, und die Dogge stürmte unter lautem Schimpfen herein.

»Wenn du meinst, du könntest mich zum Narren halten, dann irrst du dich gewaltig. Da, wo du heute Abend in der Kirche gekehrt hast, liegt alles voller Sägespäne. Du kannst gleich runtergehen und noch mal sauber machen.«

Er wartete, bis ich angezogen war, und begleitete mich dann durch ein Labyrinth von Fluren und Treppen hinunter in die Kirche. Zu dieser Nachtzeit schliefen bereits alle. Die Schule lag im Dunkeln. Die Dogge leuchtete sich den Weg mit einer Laterne, und ich musste laufen, um in seinem Tempo mitzuhalten. Wir betraten die Kirche. Er schaltete eine Wandlampe an, die nur spärliches Licht abwarf, und führte mich geradewegs zur linken Seite des Kirchenschiffs, dorthin, wo ich am Abend gekehrt hatte. Er trat an die vorderste Bank, rückte sie ein Stück zur Seite und deutete auf den Boden.

»Was ist das?«

Der Finger der Dogge zeigte auf ein paar Sägespäne, die noch in den Ritzen der unebenen Bodenfliesen klebten. Vor dem Kehren streuten wir immer im ganzen Kirchenschiff feuchte Sägespäne aus, die den Staub aufsaugen sollten. Es blieben jedes Mal Reste liegen.

»Kehr das noch einmal. Und wenn du mit deinem Teil fertig bist, wischst du die ganze Kirche. Ich will, dass man vom Boden essen könnte. Morgen früh komme ich zurück und kontrolliere es.«

Er drehte sich um und stapfte im Licht seiner Laterne aus

der Kirche. Das Geräusch der ins Schloss fallenden Tür hallte durch das Kirchenschiff. Ich war allein im Dunkeln. Die Kirche war riesig. Es gab zwei Reihen mit Bänken für die vierhundert Schüler des Internats und dazu noch reichlich Platz für Angehörige, die an den Sonntagen zu Besuch kamen. Alles in allem gab es Stehplätze für mehr als zweitausend Menschen. Das hatten wir zwei Jahre zuvor festgestellt, als sich in der Fastenzeit einmal die Bauern aus dreiundzwanzig Pfarreien in der Kirche gedrängt hatten, um für Regen zu beten. Der Großvater hatte gemeint, das sei Aberglaube und wenn die Leute Gott weiter belästigten, werde er wütend und schicke ihnen eine Sintflut, in der ihre Dörfer, Felder und Wälder absaufen würden.

Ich schob die erste Bank zur Seite. Das Quietschen wurde von den Wänden zurückgeworfen und breitete sich als Echo in der leeren Kirche aus. Ich erschrak. Das kümmerliche Licht flackerte und warf hin und her tanzende Schatten. Ich hatte furchtbare Angst.

Erst im Morgengrauen war ich fertig. Ich schleppte mich in mein Zimmer und legte mich aufs Bett, aber zum Schlafen war es bereits zu spät. Ich verfluchte die Dogge und überlegte mir, was Dani wohl an meiner Stelle getan hätte. Doch ich merkte rasch, dass mir seine Worte und sein aufmüpfiger Geist bei einer Auseinandersetzung mit dem Aufseher der Famuli nichts nutzten. Die Dogge hatte das Heft in der Hand: Der allzeit drohende Schulverweis zwang mich, klein beizugeben. Vorerst musste ich seine Bisse erdulden, und es sollte nicht lange dauern, bis es wieder so weit war: Schon am nächsten Tag meldete er die Prügelei dem Hauspräfekten und brachte ihn dazu, mir die strengste Strafe aufzubrummen, die die Regeln und Vorschriften für die Famuli hergaben.

30

Der Hauspräfekt rief mich in sein Arbeitszimmer und spie mir die Strafe entgegen:

»Dieses Weihnachten darfst du nicht nach Hause fahren. Du verbringst die gesamten Ferien im Internat. Senyora Stendhal weiß bereits Bescheid.«

31

Durch die Schule wehte bereits der Hauch des Ferienbeginns. Am letzten Tag des Trimesters war es den Schülern erlaubt, im Speisesaal zu reden, und schon beim Frühstück hallte ihr Stimmengewirr durch das ganze Gebäude. Ich konnte sie von Weitem hören. Die Dogge hatte mich zur südlichen Fassade des Internats beordert, wo ich oberhalb des Parkplatzes die Fenster putzen sollte. Die Fenster wurden einmal im Trimester gereinigt, immer zu Ferienbeginn.

Im Laufe des Vormittags trafen nach und nach die Autobusse ein, die die Internatsschüler in die Stadt bringen sollten. Sie parkten in einer Reihe auf dem Vorplatz neben der Pforte. Kurz darauf konnte ich von einem Balkon im fünften Stock sehen, wie meine Mitschüler aus dem Gebäude strömten und sich nach Schuljahren aufstellten. Von oben wirkten die Reihen recht chaotisch, aber keiner der Patres hielt die Schüler zur Ordnung an. Stattdessen riefen sie die Jungen nach ihren Zielorten auf und ließen sie daraufhin in die Busse steigen. Ich erkannte die drei Ribot-Brüder. Sie kletterten in den Reisebus, der auch mich nach Hause gebracht hätte. Er war das letzte Fahrzeug, das den Hof verließ. In dem Moment, in dem ich ihn aus den Augen verlor, traf es mich wie ein Faustschlag in den Magen, wie damals am ersten Tag, als der Lieferwagen des Schmieds in der zweiten Kurve der Landstraße auf dem Weg zur Teufelsbrücke verschwunden war und mir klar wurde, dass Senyora Stendhal nicht umkehren würde.

32

Als die Internatsschüler aus den Weihnachtsferien zurückkehrten, hatte ich mir ein dickes Fell zugelegt. Die Bisse der Dogge und des Präfekten konnten mir nichts mehr anhaben. Das zweite Trimester kroch noch langsamer dahin. Der Januar wollte kein Ende nehmen. Es wurde früh dunkel, und die Nächte waren immer trostloser.

»Dani! Du lieber Himmel, wo steckst du bloß, Dani?« Jeden Abend quälte mich dieselbe Frage, wenn ich vom Balkon zu den hohen Bergen jenseits der Sportplätze blickte. Dann ging ich zu Bett und sehnte mich nach den Abenden im Haus an der Landstraße.

Wenn sich Senyora Stendhal abends am Herd zu schaffen machte, erfüllte alle Räume des kleinen weißen Hauses bald ein warmer Wohlgeruch, der mir ein Gefühl der Geborgenheit vermittelte. Es war das wohlige Gefühl, wieder eine Familie zu haben, genau wie morgens, wenn ich mich an ihre duftende Brust schmiegte, bevor ich mich auf Danis Motorrad schwang und zur Schule fuhr. Sobald mir der Duft des Abendessens in die Nase stieg, wischte ich rasch das Wachstuch mit dem ausgebleichten Blumenmuster ab, fegte die Krümel vom Tisch und machte mich unter Senyora Stendhals aufmerksamen Blicken an meine Hausaufgaben. Es schien sie zu freuen, mich in der Küche bei sich zu haben. Manchmal sang sie leise vor sich hin. Wenn das Essen fertig war, bedeutete sie mir, meine Hefte zusammenzuräumen, und steckte den Kopf aus der Tür, um nach Dani zu rufen, der in der Stube saß und schrieb. Der Großvater hatte sich da schon längst neben mir am gedeckten Tisch niedergelassen und starrte gedankenverloren in die Ferne.

Im Haus an der Landstraße mit den Bäumen gab es jeden Abend Suppe oder Gemüse, aber leid wurde ich es nie. Nachdem ich den ganzen Nachmittag auf den Beinen gewesen war, hatte ich immer einen Mordshunger. Bei Senyora Stendhal und ihrer Familie fühlte ich mich zu Hause, wie damals bei meiner Mutter, und ich war wieder so glücklich wie zu der Zeit, als sie noch da war. Im Internat hingegen empfand ich das genaue Gegenteil: Wenn wir die Tabletts mit dem Abendessen hinuntertrugen und auf die langen Tische im kalten, schummrigen Speisesaal verteilten, zog sich jedes Mal mein Magen zusammen, und ich wurde von solchem Heimweh geplagt, dass der Kummer erst nachließ, wenn ich mich in meine Kammer zurückziehen durfte. Und erst nachdem ich eine Weile auf dem Balkon geweint hatte, konnte ich einschlafen.

Auch meine Klassenkameraden hatten Heimweh. Ihre traurigen Gesichter heiterten sich nicht einmal dann auf, wenn wir Famuli die Suppenschüsseln oder Gemüseplatten auftrugen. Insgesamt waren wir mehr als vierhundert. Allein im Speisesaal der Älteren standen zwei Reihen mit sechs Tischen, an denen jeweils vierundzwanzig Schüler mit einem Priester am Tisch saßen und schweigend ihre Mahlzeiten einnahmen: zwölf Tische, zwölf Priester und zweihundertachtundachtzig Jungen. Die Patres, die nicht Klassenlehrer waren, genossen in ihrem separaten Esszimmer, das sie »das kleine Café« nannten, ein besonderes Menü.

Beim Servieren konnte ich sehen, mit welch neidischen Blicken die große Mehrheit die fünfzehn oder zwanzig Sprösslinge der wohlhabendsten Familien der Provinz bedachte, die drei Brüder Ribot vom Wasserkraftwerk etwa, die einen Aufschlag zahlten und daher zweimal pro Woche Anrecht auf ein Steak oder ein Omelett hatten. Dennoch zogen sie dieselbe Leichenbittermiene und wurden vom selben Heimweh geplagt wie alle anderen. Das wusste ich, weil mir der jüngste Ribot, der in meine Klasse ging, verraten hatte, er sei todunglücklich und würde, sobald in den Zimmern das Licht aus war, die ganze Nacht durchweinen.

Der Zuschlag beim Essen war nicht das einzige Privileg der wohlhabenden Schüler. Wenn das Abendessen nur schwer hinunterzuwürgen war, schielten viele Jungs sehnsüchtig zu den Regalen mit dem Öl, mit dem sich ein paar Glückliche das Gemüse anmachen konnten. Auch ich linste beim Servieren aus dem Augenwinkel nach den großen Dosen und musste dabei an Senyor Ros denken, der jeden Donnerstagabend zum Essen ins weiße Haus kam. Er kam immer von der Rückseite, durch den Garten, und bevor er in die Küche trat, klopfte er zunächst ans Fenster. Ich öffnete rasch die Fensterläden, und er zog eine Dose mit Oliven oder Thunfisch aus der Manteltasche und drückte sie mir in die Hand wie einen Schatz. Wenn wir anschließend um den

Tisch saßen und Senyora Stendhal uns das Gemüse aufgetan hatte, zeigte ich ihm die Oliven, die sich zwischen den Kartoffeln versteckten, und er zwinkerte mir zu.

Ich habe nie verstanden, warum Dani etwas gegen Senyor Ros hatte. Die Frage verursachte mir Bauchgrimmen, während ich im kalten, düsteren Speisesaal des Internats das Abendessen auftrug. Und ich suchte noch immer nach einer Antwort, wenn ich in meinem Zimmer für meine Mutter, den Großvater, Dani, Senyora Stendhal und diesen Mann mit dem hellen Blick betete, der jeden Donnerstag an die Läden der Küchenfenster des kleinen Hauses geklopft und mir Oliven- oder Thunfischkonserven geschenkt hatte.

»Ros war ein guter Mensch, bete für ihn«, hatte Senyora Stendhal mir aufgetragen.

33

Seit ich den Brief erhalten hatte, in dem mir Senyora Stendhal ihren Besuch für den zweiten Sonntag im April ankündigte, zählte ich die Tage. Jeden Abend malte ich in den Kalender, den ich an die Innenseite meines Pultdeckels geklebt hatte, ein rotes Kreuz. Ihr Brief war kurz, wie alle, die ins Internat geschickt wurden. Da die Schreiben, bevor sie an die Schüler verteilt wurden, vom Direktor gelesen wurden, erging sich niemand in Klatsch und Tratsch, der womöglich nicht durch die Zensur kommen würde. Doch Senyora Stendhal wusste, wie sehnsuchtsvoll ich an die anderthalb Jahre zurückdachte, die ich im Haus an der Landstraße mit den Bäumen verbracht hatte, und gab sich alle Mühe, mich über die Ereignisse im Dorf auf dem Laufenden zu halten: Der älteste Sohn des Arztes war in die Stadt gezogen, wo er für die letzten beiden Trimester das Internat besuchte; seit Weihnachten war es um den Gesundheitszustand des Lehrers erfreulich gut bestellt; und es hatte im Dorf einen Sturm mit heftigem Ostwind und dreitägigem Dauerregen gegeben, bei dem die Baumschonungen beiderseits des Kanals überschwemmt worden waren. Der Brief hatte einen unerwarteten Nachsatz:

»PS: Xapo und seine Familie wohnen nicht mehr auf dem Hof. Anfang Februar haben sie die Tiere verkauft und sind in die Stadt gezogen. Ich versuche, sie nach Kräften zu unterstützen, aber es geht ihnen sehr schlecht. Solltest du daran denken, wäre es schön, wenn du sie in deine Gebete einschließt.«

Senyora Stendhal konnte es natürlich nicht wissen, aber ich dachte schon seit Tagen an Xapo. Wenn ich auf meinem Balkon im fünften Stock des alten Internatsgebäudes die Berge betrachtete, fragte ich mich, wie er es ohne die Hilfe des Großvaters in diesem Winter geschafft haben mochte, die Obstbäume zu beschneiden.

Erst viele Jahre später sollte ich erfahren, wie es der Familie Xapo ergangen war. Vor Primo de Riveras Diktatur hatte der Bauernhof der Familie des Großvaters gehört. Damals war der Xapo-Hof ein stattlicher Hof gewesen, mit ertragreichen Feldern und den besten Baumschonungen des Dorfes, denen es an Wasser aus dem Kanal nie mangelte. Als der Großvater in den zwanziger Jahren in die Stadt zog, wo er Lehrer wurde, ließ er sich das kleine weiße Häuschen bauen, um im Dorf, nahe bei den Feldern und Bäumen, die er ebenso sehr liebte wie seinen Philosophieunterricht, immer einen Zufluchtsort zu haben. Damals waren Xapo und seine Familie als Pächter auf den Hof gekommen.

Als das Militär Großvater für drei lange Jahre ins Gefängnis steckte, versetzte Sabater schleunigst die Grenzsteine und riss sich das Land unter den Nagel, das wie ein Keil zwischen seinen Baumplantagen und denen von Ros lag und bis an den Kanal heranreichte. Zusammen mit dem Grund und Boden raubte er dem Großvater das Recht zur Nutzung des Wassers, und so verdorrten auch die Felder des Hofs.

In den ersten Jahren hatten die Xapos mit den trockenen Böden arg zu kämpfen und kamen mit dem wenigen, das sie anbauen konnten, nur mit Mühe über die Runden: Im Sommer pflanzten sie einige Hektar Mais und Sorghumhirse, die ohne Wasser allerdings kaum gediehen, und im Winter ein paar Rüben und etwas Heu und Luzerne als Viehfutter für das knappe halbe Dutzend Kühe, die Stute für die Feldarbeit, die zwei Säue und das Kleinvieh, Hühner, Enten und Kaninchen, um die sich Frau und Tochter kümmerten.

Durch Sabaters Übergriff war das Land des Großvaters wertlos geworden. Nach dem Krieg ergriff Ros die Gelegenheit beim Schopf und kaufte ihm den Hof für einen Spottpreis ab. Von dem Land, auf dem er geboren worden war, blieb dem Großvater nur noch ein kleines Wäldchen.

Mit der Übernahme des Hofs durch Ros nach Ende des Krieges stand zur Bewirtschaftung des Landes zwar wieder das Wasser aus dem Kanal zur Verfügung, doch der neue Besitzer reservierte die besten Böden für sich selbst, um dort Pappeln anzupflanzen, und die Pächter mussten zusehen, wie sie mit der Hälfte der Felder zurechtkamen.

Der Xapo-Hof war also beileibe nichts Besonderes, doch selbst in den magersten Jahren stand er im Ruf, die besten Obstbäume des Dorfes zu besitzen. Zu seinen Lebzeiten hatte der Großvater den Pächtern stets geholfen, sie zu beschneiden. Danach hatte sich Xapo damit abplagen müssen, seinen jüngeren Sohn im Obstbaumschnitt anzulernen, doch der einfältige Siset war schwer von Begriff.

»Diese Zweige da musst du in Ruhe lassen, an denen hängen später die Früchte«, erklärte Xapo ihm im ersten Jahr, in dem er nicht die Unterstützung des Großvaters hatte. »Weiter innen kannst du die Zweige unbesorgt herausschneiden. Die würden zwar gutes Bauholz abgeben, aber für unsere Ernte taugen sie nichts.«

Sein Sohn lachte, aber merken konnte er sich die Erklärungen nicht. Er kürzte bloß die Äste, die sein Vater ihm zeigte.

»Bei diesem Ast musst du die innenliegenden Triebe entfernen.«

»Wie?« Siset schaute verständnislos drein.

»Du musst da schneiden. Und dieser Ast wird geteilt.«

Als sie mit den Apfel- und Birnbäumen fertig waren, nahmen sie eine Reihe mit Olivenbäumen in Angriff.

»Den ersten hier müssen wir auslichten. Wenn kein Sonnenlicht in die Krone fällt, wird er krank.«

Um die Mittagszeit hatten sie alle Bäume auf den Obstwiesen beschnitten und begaben sich an den Rand des Gartens, um zwei Pflaumenbäume zurückzustutzen, die besonders süße Pflaumen gaben. Xapo hütete sie wie seinen Augapfel. Sein Sohn, der inzwischen an Selbstvertrauen gewonnen hatte, begann, die hässlichsten Äste herauszuschneiden, die, die im Sommer die meisten Früchte tragen würden.

»Geschissen auf den Herrgott und alle Heiligen!«, rief Xapo. »Hab ich dir nicht oft genug erklärt, dass aus all diesen Knospen Früchte werden?«

»Blasphemie!«, keifte da eine Stimme hinter dem Maistrockner.

Erschrocken wandte Xapo sich um und sah sich dem Pfarrer gegenüber, der drohend mit dem Finger auf ihn zeigte. Sie hatten ihn nicht kommen hören. Der Geistliche war rot wie eine Tomate, er wischte sich mit dem Ärmel der Soutane über die Stirn und zeterte abermals, außer sich vor Zorn: »Diese Beleidigung des Herrn wird dich teuer zu stehen kommen!«

Am nächsten Tag stattete der Pfarrer Senyora Ros einen Besuch ab.

»Die Leute auf dem Xapo-Hof sind die reinsten Barbaren, die fluchen und Gott und die Heilige Mutter Kirche lästern. Sie müssen dieses Pack vor die Tür setzen.«

Zwei Wochen später trieb Xapo seine Kühe und die Stute auf den Markt in der Stadt, verkaufte sie und verließ den Hof.

Xapos Sohn Siset erzählte mir diese Geschichte, als ich ihn eines Tages dabei erwischte, wie er auf Sabaters Gut die frisch gesetzten gekeimten Kartoffeln stahl. Der arme Kerl konnte sich noch lebhaft an den Tag erinnern, an dem sein Vater ihm zeigen wollte, wie Pflaumenbäume beschnitten werden, doch ob er über das knallrote Gesicht des Pfarrers lachen oder über all das, was danach über seine Familie hereingebrochen war, weinen sollte, das wusste er auch da noch nicht.

Zu der Zeit war ich schon längst aus dem Internat weggelaufen, und er irrte über die Höfe und stahl Essen, um seine Eltern zu versorgen, die fern der Heimat im Elend lebten und hungerten. Im Moment wusste ich nur, was mir Senyora Stendhal in dem Brief berichtete, in dem sie mir ihren Besuch im Internat am zweiten Sonntag im April ankündigte: Die Xapos hatten überraschend den Hof verlassen, der früher einmal dem Großvater gehört hatte, und versuchten, ihr Auskommen in der Stadt zu finden.

Am Abend las ich in meinem Zimmer Senyora Stendhals Brief noch einmal, und nachdem ich für sie, meine Mutter, den Großvater, Dani und Senyor Ros gebetet hatte, bat ich die Muttergottes um Hilfe für die Familie Xapo.

34

Als der Großvater noch lebte, hatte er mich im Winter mit auf Xapos Felder genommen und mir gezeigt, wie man Rüben erntete, da der Pächter seit dem Krieg vom Pech verfolgt wurde und unsere Hilfe brauchte. Wir zogen die Rüben aus dem Boden, wischten den Dreck ab, kürzten die Wurzeln und stapelten sie auf dem Karren, der von Siset gelenkt wurde. Der Junge war mir nicht recht geheuer. Ich hatte noch im Ohr, wie Dani und der Schmied einmal darüber gesprochen hatten, er treibe es mit seiner Schwester. Bevor wir loslegten, schnitt der Großvater am Rand des Rübenackers ein Schilfrohr ab und schnitzte mir daraus ein Kindermesser, aber ich hatte mir in weiser Voraussicht heimlich ein echtes Messer eingesteckt, an dem der Lehm nicht so leicht kleben blieb, sodass die Arbeit schneller von der Hand ging.

Im Frühsommer halfen wir beim Unkrautjäten auf dem Feld, auf dem der Mais dank des Kanalwassers drei Handbreit höher stand als der der armen Bauern auf den trockenen

Böden. Langsam arbeiteten wir uns zwischen den langen Reihen der Maispflanzen hindurch, der Großvater und Xapo mit der großen Grabgabel und ich mit der kleinen Harke. Dabei verloren wir nie das Ende der Reihe aus den Augen, wo das Feld in den Schatten des Waldes überging, denn dort standen unsere Krüge und Weinfässer sowie Brot und Speck. Ich mochte den Anblick, wie die Männer den Brotlaib an die Brust hoben, ihn kreuzweise einkerbten und in Scheiben schnitten, und wie sie gleich darauf ein dickes Stück Speck absäbelten und mit dem Messer in den Mund steckten. Dann holten sie das Fass und nahmen einen tiefen Schluck. Gelegentlich brachte der Großvater für mich ein Fässchen mit verdünntem Wein mit, aber wenn er es vergaß, musste ich mich mit dem kühlen Wasser aus den Krügen der Frauen begnügen.

Was ich auf meinem Balkon im Internat jedoch am meisten vermisste, waren die Abende im September, wenn Xapo die Maiskolben schon eingeholt hatte und Hilfe beim Entlieschen benötigte. Unsere ganze Familie und auch ein paar Leute aus dem Dorf kamen zum Hof, um mit anzupacken. Während wir in einer Runde auf dem Dreschplatz saßen und die Blätter rund um die Kolben entfernten, schimpften die Frauen, wenn die Männer uns Kindern unflätige Worte beibrachten. Manchmal stahlen wir Kleinen uns für ein Weilchen von der Arbeit fort und spielten Verstecken. Der Großvater hatte dann einen Heidenspaß, mich im großen Tragkorb zu verbergen. Nachdem er die Maiskolben zum Trockner gebracht hatte, schleppte er mich zurück in die Runde, wo ich vor dem Häscher in Sicherheit war. So war es auch, als er eines Abends den Korb neben den Maiskolben abstellte und ich gerade herausklettern wollte. Da trat einer der Männer, die gekommen waren, um Xapo zu helfen, zu ihm.

»Die Guardia Civil hat einen erschossen, auf Sabaters Feldern, oben am Hang«, sagte er leise zum Großvater.

Die beiden warfen Dani einen Blick zu, der ihnen mit einem Schulterzucken antwortete und verschwand. In diesem Moment rannte ich los und brachte mich in Sicherheit. Die Szene war mir so gut im Gedächtnis geblieben, weil Großvater und Dani zu dieser Zeit immer weniger miteinander sprachen und ich mich allmählich zu fragen begann, warum Dani diese schlechten Nachrichten nichts ausmachten, die den Großvater so sehr aus der Fassung brachten.

Zwei Jahre waren seit diesem Sommer vergangen. Schon damals war abzusehen gewesen, dass Dani etwas vorhatte, auch wenn noch niemand ahnen konnte, dass er das Dorf ohne ein Wort verlassen würde.

Zwei Jahre später war es in den Märznächten auf dem Balkon im Internat bitterkalt. Dani und der Großvater waren beide nicht mehr da, und ich konnte sie nicht fragen, was eigentlich los war. Und ich wusste auch nicht, was mit mir werden sollte, aber allmählich wuchs in mir das Gefühl, dass ich mich würde wehren müssen, nicht zuletzt, da der Präfekt mir abermals gedroht hatte.

»Wenn es so weit ist, wirst du schon sehen, welche Strafe ich für dich ausersehen habe, weil du schon zum wiederholten Male bei einem schweren Vergehen erwischt worden bist.«

Dieses *schwere Vergehen* bestand darin, beim Wechsel des Klassenraums zwischen zwei Unterrichtsstunden in der Reihe gesprochen zu haben, ein sehr häufiger Fehltritt, der normalerweise bloß eine Ermahnung nach sich zog.

35

Während der Messe schaute ich ständig nach hinten. Jedes Mal, wenn die Kirchentür zuschlug, wandte ich mich um und hoffte darauf, Senyora Stendhals vertrautes Gesicht zu sehen. Kurz nach dem Sanctus-Lied öffnete sich die Tür abermals mit einem lauten Quietschen, und ich sah sie hereinkommen, eine schwarze Mantille auf dem Kopf und ein breites Lächeln im Gesicht. Sie wurde von einer jungen Frau begleitet, deren lange rote Zöpfe bis zur Brust reichten. Mein Herz machte einen Satz. Nun hatte ich erst recht keinen Sinn mehr für den Gottesdienst.

Ich hatte Raquel schon seit einer Ewigkeit nicht mehr gesehen und erinnerte mich noch gut daran, dass ich an jenem Sonntag im September, an dem wir mit Dani am See gewesen waren, meine Augen nicht hatte von ihr abwenden können: Ihr Haar war noch immer feucht, als sie auf dem Rückweg ins Dorf die Knospen der Mohnblumen aufplatzen ließ, und als eine rote Blüte zum Vorschein kam, ging ihr

Atem schneller. Unter der nassen Bluse, die sie auf dem Bauch zugeknotet hatte, zeichneten sich ihre Brüste ab. Sie hatte die ganze Zeit gelacht. Jetzt, in der Kirche des Internats, wirkte sie viel ernster: Sie trug ein Schleiertuch über ihren roten Zöpfen und einen knielangen Mantel. Ihre Augen leuchteten allerdings wie die von Senyora Stendhal.

Die Messe zog sich ewig hin, und anschließend mussten wir auch noch das *Virolai* und Lobgesänge auf die Jungfrau Maria singen. Nach dem letzten Vers sprang ich auf und drängte nach hinten. Senyora Stendhal reckte den Kopf, um sich zwischen den zahllosen Angehörigen einen Weg zu bahnen, und winkte mir verstohlen zu. Ich war nur noch wenige Schritte von ihr entfernt, da strahlte sie über das ganze Gesicht. Sie schien sich sehr zu freuen, mich zu sehen. Ich blickte zu Raquel, die ebenfalls lächelte, und spürte ein elektrisches Kribbeln, das mir das Rückgrat hinauflief. Ich bekam weiche Knie.

Uns trennte nur noch ein letzter Schritt. Ich wollte Senyora Stendhal gerade umarmen, da fühlte ich, wie die Hand des Präfekten schwer auf meine Schulter fiel.

»Heute kann er nicht mit Ihnen gehen. Er hat Hausarrest«, beschied er Senyora Stendhal barsch, während er sich zwischen uns schob, um die Umarmung zu unterbinden.

Senyora Stendhals Miene verdüsterte sich missfällig, doch sie sagte nichts. Raquel schien der scharfe Ton des Paters erschreckt zu haben. Ich bemerkte ihren enttäuschten Blick und verspürte erneut den beißenden Stich im Magen, der mich jedes Mal heimsuchte, wenn ich mit den Tränen kämpfen musste. Beschämt ließ ich den Kopf hängen und rannte ins Schulgebäude.

Hinter der Balkonbrüstung verborgen beobachtete ich,

wie sie in den Lieferwagen stiegen. Bevor Senyora Stendhal die Tür zuzog, schaute sie noch einmal hoch und winkte zum Abschied, obwohl sie mich nicht sehen konnte. Ich spürte, wie mir eine Träne die Wange herablief, und ballte zornig die Faust: Die Dogge und der Präfekt würden mir immer im Nacken sitzen, das wusste ich nun. Genau wie Ros und Sabater es auf den Großvater abgesehen hatten. Und wie die mächtigen Männer im Dorf Dani das Leben nach Kräften schwer machten.

»Gefällt dir das Mädchen mit den roten Zöpfen?«, fragte mich Tià.

»Red keinen Unsinn, das ist Danis Freundin!«

Ich hatte ihn im Gang bei den Klassenzimmern getroffen. Die anderen Schüler, die nicht in den Wald gegangen waren, um dort mit ihren Eltern zu picknicken, waren um diese Zeit auf dem Sportplatz, und wir spielten hinten in einem der Klassenzimmer mit einem kleinen Gummiball eine rasche Partie Fußball. Wer als Erster drei Tore schoss, hatte gewonnen. Der Verlierer musste das Geschlecht des anderen so lange streicheln, bis der diese wohlige Wärme spürte. Nach meinem Sieg legte er mir die Hand in den Schritt, drückte zu und behauptete: »Und ob sie dir gefällt.«

»Nein.«

»Und was ist damit?«, fragte er und blickte auf mein pralles Glied hinab, das in seiner Hand gewachsen war.

»Nichts!«, entgegnete ich, streckte meine Hand nach ihm aus und lachte auf. In seinen traurigen Augen glitzerte es.

Nachher saßen wir auf dem Boden und lehnten mit dem Rücken an der Wand des Klassenzimmers. Da wurde er mit einem Mal sehr ernst und meinte: »Ich wäre gern mit einem Mädchen wie Danis Freundin zusammen. Und du?«

Ich musste an Raquels Brüste, die sich unter der nassen Bluse abgezeichnet hatten, und an ihr feuchtes, an Hals und Schultern klebendes Haar denken und stellte mir vor, sie hätte eine Schwester. Was hätte ich darum gegeben, wäre ich nur endlich groß und stark gewesen und Raquel und ihre vermeintliche Schwester hätten mich, der Strafe des Präfekten zum Trotz, angehimmelt. Vielleicht würde Dani vorschlagen, wir könnten doch alle zusammen zum See gehen, und auf dem Rückweg ins Dorf würden wir Mohnknospen zum Platzen bringen.

»Mehr als alles in der Welt!«, seufzte ich nach einer Weile. Und Tià sah mit seinen traurigen Augen hinab auf mein Glied, das erneut angeschwollen war.

36

Von diesem Tag an achtete ich darauf, mit dem Strom zu schwimmen und mich unsichtbar zu machen, wie der Großvater damals, wenn die Männer ins Haus an der Landstraße kamen. Die Zeit kroch nur so dahin, und mit jedem Tag malte ich in meinem Pult die roten Kreuze erbitterter in den Kalender. So ertrug ich den Rest des Schuljahres, die Sommerferien – während derer ich im Internat bleiben und die Pater ohne Angehörigen und die Seminaristen, die sich vorübergehend dort aufhielten, bedienen musste – und die ersten Monate des neuen Schuljahres. Im Herbst war ich längst ein wahrer Experte in der Kunst, nicht aufzufallen. Mitte November gab es einen heftigen vorzeitigen Wintereinbruch. Zu Weihnachten erhielten Tià und sein Bruder Josep die Nachricht, sie würden das Internat am Ende des Schuljahres verlassen und zu ihrem Vater ziehen, der sich in Kanada als Architekt etabliert hatte. Im Februar wurde ich vierzehn Jahre alt. Ich hatte immer davon geträumt, in das Alter zu kommen, in dem die anderen aufhörten, einen wie ein kleines Kind zu behandeln, aber ich erlebte eine herbe Enttäuschung. Im Internat nahm von meinem Geburtstag niemand Notiz.

Kurz nach Ostern wurde es plötzlich freundlicher: Die Tage wurden länger, und mit dem schönen Wetter kehrte meine gute Laune zurück. Ich wusste, bald wäre es so weit.

Im Frühling nahm ich meine alte Gewohnheit wieder auf, in den Wald hineinzulaufen, bis ich das Johlen der Jungen auf dem Sportplatz hinter mir ließ. Wenn ich an der Stelle ankam, wo der Weg eine Kurve machte, ging ich vor und zurück und lauschte darauf, wie sich die Geräusche je nach meinem Standort veränderten: Mal hörte ich die anderen, mal nicht. Ich hätte stundenlang so weitermachen können, wie damals, als Dani mir das Haus einer Meeresschnecke geschenkt hatte: Wenn ich es ans Ohr setzte, konnte ich das Wasser rauschen hören, als befände sich der ganze Ozean in der Schale. Hielt ich es vom Ohr weg, war das Brausen fort. Auf dem Waldweg war es genauso. Nachdem ich eine Weile lang hin und her gelaufen war, folgte ich dem Pfad schließlich um die Kurve, und die Stimmen meiner Klassenkameraden verstummten ganz. Ich konnte förmlich spüren, dass ich auf die andere Seite wechselte, wie seinerzeit in der Dorfschule, wenn ich aus der Klasse geworfen worden war und auf dem Gang anhörte, wie meine Mitschüler dem hageren Lehrer die Namen der europäischen Flüsse und Städte aufsagten. Das war erst zwei Jahre her, doch nun machte es mir keine Angst mehr. Ich mochte das Gefühl, auf der anderen Seite zu sein. Ich dachte an die lange gerade Platanenallee und daran, dass ich nie über den See hinausgelangt war, dorthin, wo sich die Landstraße zwischen den Eichenwäldern zu den Bergen hinaufwand, bis sie nicht mehr zu sehen war.

37

An dem Tag, an dem ich beschloss, der Kurve endgültig zu folgen und einfach bis zum anderen Ende des Waldes weiterzulaufen, verlief alles viel glatter, als ich gedacht hatte. Ich wachte guten Mutes auf, doch versagte ich es mir, allzu euphorisch zu sein, denn das hätte mich sicher verraten. Am Vorabend hatte ich Pater François mitgeteilt, ich könne nicht bei seiner Messe dienen. Daher stand ich erst auf, als die Glocke im Trakt der Famuli schlug. Ich wusch mich, zog mich an, machte mein Bett und ging hinunter in den Saal des Heiligen Herzens, wo ich mit den anderen den Rosenkranz betend meine Runden drehte. Während die Schüler anschließend in die Kirche strömten, stiegen wir Famuli ins Obergeschoss, um die Nachttöpfe einzusammeln. Ich ging gleich zu den Schlafräumen meiner Klassenkameraden im fünften Stock und sammelte das Nachtgeschirr paarweise ein. Den Urin schüttete ich ins Klo, spülte die Töpfe mit Wasser aus und reihte sie wieder ordentlich neben den Türen auf. Die

Scheiße sammelte ich separat. Nachdem ich mit dem ganzen Stockwerk fertig war, hatte ich zwei Nachttöpfe voll. Ich versteckte mich auf der Toilette, und sobald die Dogge nach unten ging, um das Frühstück zu beaufsichtigen, schlich ich hinaus, einen Topf in jeder Hand. Die Schüler waren noch immer in der Kirche, und die Flure waren menschenleer. Auf diesen Augenblick hatte ich gewartet. Ich eilte zum alten Trakt, hastete die drei Stufen hinab, die die beiden Bereiche trennten, und betrat im Gang der Famuli rasch das Zimmer der Dogge. Dieser Bastard konnte noch nicht mal anständig sein Bett machen, sondern hatte sich damit begnügt, die Laken mehr schlecht als recht gerade zu ziehen. Ich schlug die Bettwäsche zurück und leerte die Nachttöpfe aus. Dann zog ich Laken, Decke und Tagesdecke glatt, klopfte sie schön fest und verließ die Kammer.

Anschließend ging ich in mein Zimmer. Ich musste es noch ein letztes Mal sehen. Es war Ende April 1945, an einem Montag oder Dienstag, gerade einmal zwei Wochen nachdem Senyora Stendhal und Raquel abermals vergeblich zu Besuch gekommen waren. Auf dem Bücherregal stand noch immer ein Töpfchen mit wildem Spargel, den ich am Waldweg für sie gepflückt hatte, ihnen am Sonntag wegen eines erneuten Hausarrests aber nicht hatte geben können. Das Wasser war offenbar schlecht geworden. Daneben stand ein Gläschen mit Löchern im Deckel. Darin saß eine Grille, die ich am Rand des Fußballfeldes gefangen hatte. Ich hatte das Gefühl, sie freilassen zu müssen, und nahm sie mit hinaus, als ich auf den Balkon trat, um ein letztes Mal die Berge zu betrachten. Ich setzte mich auf den Boden, und ein eigenartiges Gefühl überkam mich. Auf diesem Balkon hatte mich das Heimweh schlimmer geplagt als irgendwo sonst, doch nun ahnte ich, dass ich diesen Winkel, den ich mir so zu eigen gemacht hatte, vermissen würde, wenn ich fort war. Ich hob den Deckel ab und stellte fest, dass die Grille tot war. Unbeherrscht holte ich aus, und der Topf zerschellte an einem Baum. Dann ging ich in die Kammer zurück, nahm den Gedichtband mit der Widmung für den Großvater, ließ meinen Blick ein letztes Mal durch den Raum schweifen und ging, ohne hinter mir die Tür zu schließen.

Ich rannte die Treppe hinab. Meine Klassenkameraden kamen soeben aus der Messe, und ich musste mich an die Wand drücken, um sie vorbeizulassen. Auf der obersten Stufe wandte sich Tià nach mir um und sah so bekümmert aus wie nie zuvor. Für einen Augenblick war ich versucht, meinen Plan aufzugeben und die Treppe wieder hinaufzusteigen. Aber ich rührte mich nicht. Nachdem die anderen fort waren, blieb ich noch einen Moment an der Wand stehen. Dann rannte ich los und hielt erst lange hinter der Kurve wieder an. Weit, weit weg. Unendlich viele Kilometer später.

38

Senyora Stendhal sah böse aus, sie fluchte. So aufgebracht hatte ich sie noch nie gesehen. Aber dann schloss sie mich mit einem Mal in die Arme, und als mir ihr lieblicher Duft in die Nase stieg, wusste ich, dass sie mir vergeben hatte. Ich dachte an Raquel: Jetzt würde ich ihr beweisen, dass sie sich keine Sorgen machen musste. Sobald Dani wieder da wäre, würden wir sonntags bei Xifra sitzen und Wermut trinken, und im Sommer könnten wir schwimmen gehen und auf dem Rückweg vom See Mohnknospen pflücken. Und vielleicht hätte auch ich dann eine Freundin mit langen Zöpfen.

»Hahn, Henne oder Küken?«, würde ich sie fragen.

»Hahn«, würde sie antworten und schwungvoll ihre Zöpfe nach hinten werfen.

Senyora Stendhal stellte mir etwas zu essen auf den Tisch und setzte sich zu mir, um mir beim Frühstücken zuzusehen. Ich trank ein Glas Wein, wie Dani, wenn er mit uns frühstückte. Dann bat ich sie um eine Schale warmer Milch, wie früher vor der Schule. Ich nahm mir fest vor, in die Stadt zurückzukehren und ihr ein Restaurant einzurichten, sobald ich in der Werkstatt, auf Danis altem Arbeitsplatz, genug verdient hätte. Vielleicht würde ich dann auch wieder zur Schule gehen.

Ich trank die Milch im Stehen, während ich mir die Tasche auf den Rücken schnallte, die ich mir für unterwegs gepackt hatte. Dann schlang ich meine Arme um Senyora Stendhal und sog ein letztes Mal ihren Duft ein, damit ich ihn mit mir nehmen konnte, wenn ich fortging. Vor meinem Aufbruch wollte ich ihr noch sagen, wie sehr ich sie liebte. Also drückte ich ihr einen Kuss auf die Wange und sagte:

»Ich komme schon zurecht, Mutter!«

Dann brach ich ohne einen letzten Blick zurück auf.

39

Schon an der Tür entdeckte ich im hinteren Teil der Werkstatt das Autowrack. Ich ging näher und sah, dass die gesamte Karosserie des Wagens von Einschusslöchern übersät war. An der Fahrertür waren es besonders viele: Die Schüsse mussten von allen Seiten gekommen sein. Ich ging um den Schrotthaufen herum, und mein Blick fiel auf einen kleinen Gegenstand, der zwischen dem Blech emporragte. Ich zog ihn heraus und musste mich mit einer Hand an der Wand abstützen: Es war ein silberner Jaguar. Ich schaute auf. Der Besitzer der Werkstatt nickte und wandte den Blick ab.

»Ich danke dir aufrichtig für dein Angebot, hier arbeiten zu können, aber ich glaube, ich kann nicht bleiben«, sagte ich zu ihm.

Eigentlich hatte ich Danis Platz in der Werkstatt einnehmen wollen, aber das änderte alles. Ich steckte den versilberten Jaguar in die Jackentasche, und wir schüttelten uns die Hand. An der Tür wartete der Lehrer auf mich.

»Es ist an dem Tag passiert, an dem Ros getötet wurde. Vielleicht erinnerst du dich noch. Damals fuhren mit lautem Sirenengeheul die Motorräder vorüber, während ihr euch auf dem Hof aufstellen musstet«, sagte er leise und zeigte auf das Wrack. Seine Stimme zitterte. »Er fuhr sehr schnell und hatte sie schon abgehängt, aber am Ende der Platanenallee, in der Höhe des Sees, warteten sie auf ihn. Jemand hatte ihn verraten.«

»Wer war das Schwein? Was ist passiert?«

»Das wissen wir nicht. Als er den Wagen gegen den Baum setzte, lebte er noch. Doch sobald er aussteigen wollte, umringten sie ihn und durchsiebten ihn mit Schüssen. Es war ein Blutbad.«

Ich musste an die Grille denken, die in dem kleinen Glastopf verendet war. Sicher war Dani kurz vor seinem Tod in der Kurve beim See genauso hilflos gewesen. Ich umarmte den Lehrer und verließ die Werkstatt.

An der Einmündung zum Platz sah ich, wie Raquel sich in der Tür der Bäckerei mit einem Mann unterhielt. Nach wenigen Metern erkannte ich ihn: Es war Sabaters Ältester. Tomàs hieß er, im Andenken an seinen Großvater, der in den ersten Kriegstagen von Milizionären erschossen worden war. Als er ihre Hand nahm, zog sie sie zurück, doch sie lachte. Es verschlug mir den Atem. Raquel schlug überrascht die Augen nieder, sobald sie mich entdeckte. Ich entfernte mich mit raschen Schritten, ohne auf den Platz einzubiegen.

Nur zehn Minuten später war ich bereits an der Kreuzung zur Platanenallee. Dort blieb ich stehen, um Luft zu holen, und wandte mich noch einmal zur Schule um. Durch die Terrassengärten stiegen gerade die Frauen auf, die von der Waschstelle zurückkehrten. Auf der anderen Seite lagen die

Felder des Xapo-Hofs, auf denen sich dank der Bewässerung aus dem Kanal bereits ein sattes Grün zeigte. Ros' Witwe hatte offenbar neue Pächter. Ich hielt nach dem kleinen weißen Haus Ausschau, aber die Platanen an der Landstraße hatten üppig ausgeschlagen und versperrten die Sicht.

Ich musste daran denken, wie der Großvater am Kirschbaum gehangen hatte. Und wie sich Senyora Stendhal an dem Tag, an dem sie von Sabaters Verwalter zusammengeschlagen worden war, mit dem Ärmel ihres geblümten Kleides das Blut von der Nase gewischt hatte. Ich stellte mir vor, wie Dani in seinem Auto in der Falle gesessen hatte, als sie ihn über den Haufen schossen. Ich wusste nicht einmal, wo er begraben worden war. Vielleicht beim Großvater, auf dem Feld neben dem Friedhof? Ich schaute in die andere Richtung, zum Ende der langen geraden Platanenallee hinter dem See, dorthin, wo die Landstraße zwischen den Eichenwäldern in die Berge führte. Und setzte mich in Bewegung.

Dritter Teil

Die Berge

40

In unserer Gruppe herrschte ein ständiges Kommen und Gehen. Manchmal verbrachten die Männer eine Zeitlang auf der anderen Seite der Grenze oder in der Nähe ihrer Dörfer und kehrten erst Wochen später in die Berge zurück. Sie hatten Heimweh nach ihren Familien, ihrem Land, ihrem früheren Leben. Ihre Gespräche drehten sich nur um den Krieg. Viele waren an der Front gewesen und hatten in den Tagen vor dem Rückzug gemeinsam die Stadt Girona verteidigt. Andere hatten hinter den Linien gekämpft, an der Seite von Stendhal und Großvater, die sie oft in ihren Schilderungen erwähnten. Hin und wieder erzählten sie mir auch vom tragischen Tod einer schönen Frau mit braunen Augen und schwarzem Haar, die am letzten Kriegstag auf der Plaça de Sant Pere niedergeschossen worden war.

Damals konnte niemand genau sagen, wie es um unsere Sache stand. In den zwei Jahren, seit ich mich dem Maquis angeschlossen hatte, hatten wir keinerlei militärische Erfolge erzielt, doch hatten wir die Kontrolle über die Berge auch nicht verloren. Wir machten blitzschnelle Überfälle und wechselten in einem fort die Taktik, um direkte Zusammenstöße mit Guardia Civil und Militär zu vermeiden, die uns große Verluste zugefügt hatten. Wir waren ständig unterwegs, immerzu auf der Hut, und zogen von Versteck zu Versteck. Der Kampf ums nackte Überleben hielt uns auf Trab, und so verging die Zeit wie im Flug. Aus Tagen waren Monate und schließlich zwei Jahre geworden. Eine Ewigkeit.

Im Sommer 1947 zogen wir uns tiefer in die Berge zurück. In der Nähe der Grenze sammelten wir unsere Kräfte für eine Großoffensive. Gerüchten zufolge bereiteten wir einen Angriff auf zwei Kasernen zur gleichen Zeit oder womöglich gar die befristete Invasion einiger Täler vor. Ende September stießen aus Frankreich Männer zu uns, die seinerzeit bei der gescheiterten Offensive von 1944 mitgekämpft hatten. Sie waren bestens ausgestattet, mit Soldatenmänteln und modernen Waffen, und wirkten um einiges disziplinierter als wir. Ihr ganzes Auftreten zeugte davon, dass sie jahrelang in der französischen Résistance den Nazi-Besatzern und der Gendarmerie Widerstand geleistet hatten. Abends versammelten wir uns ums Lagerfeuer und lauschten ihren Kriegsberichten: Zwischen dem Putsch der Faschisten am 18. Juli 1936 und der Kapitulation Deutschlands im Frühjahr 1945 hatten sie nicht einen Tag die Waffen ruhen lassen. Nach Kriegsende fanden sie sich jedoch nicht einfach mit dem Leben im Exil ab, sondern hatten die Grenze in den vergangenen zwei Jahren immer wieder überquert. Mal waren sie hüben, mal drüben.

Am 1. Oktober traf der Trupp des Comissari ein. Der war

der geachtetste Kommandeur der Freischärler und unter den republikanischen Widerständlern dieses Teils der Iberischen Halbinsel, vom Vall d'Aran bis zur Serra de l'Albera, eine wahre Legende. Zu Zeiten des Spanischen Bürgerkriegs war er in Gerona Polizeikommissar im Dienst der Republik gewesen; in der französischen Résistance war er dann in den Rang eines Capitain aufgestiegen und hatte am Ende des Zweiten Weltkrieges von General Leclerc höchstpersönlich einen Orden bekommen. Niemand besaß so viel Erfahrung wie er. Als er mit seinen Männern in unser Lager kam, waren wir begeistert.

Während des ganzen Abends am Lagerfeuer konnte ich meine Blicke nicht von ihm abwenden. Als Erstes hatte er sich in ein Zelt zurückgezogen, um sich mit den anderen *Franzosen* zu besprechen, die in kleinen Gruppen schon vor ihm eingetroffen waren. Dann hatte er nacheinander auch uns begrüßt und sich nach den Familien der Männer und der Lage in ihren Dörfern erkundigt. Gegen Abend kam er schließlich ans Feuer, und ich erlebte eine Überraschung.

»Du bist doch der Adoptivsohn der Stendhals, oder?«, fragte er und leckte über die Zigarette, die er soeben gedreht hatte.

Meine Antwort wartete er nicht ab. Mit meinen sechzehn Jahren war ich mit Abstand der Jüngste im Lager, sodass eine Verwechslung ausgeschlossen war. Er ließ sich nieder und erklärte in einer Lautstärke, dass die anderen es hören konnten: »Wenn du nur halb so tapfer bist wie Dani und halb so viel Herz besitzt wie Dídac, verdienst du meinen ganzen Respekt.«

Im Lager war ich für alle »der Junge«. Die Männer im Maquis behandelten mich, als wäre ich Danis Bruder und der

Enkel von Großvater Dídac. So eng mit ihnen in Verbindung gebracht zu werden schmeichelte mir und verschaffte mir den Respekt meiner Mitstreiter. Es war wie früher, als Dani mich auf dem Motorrad zur Dorfschule gebracht hatte.

Ich reichte dem Comissari die Hand und begrüßte ihn lächelnd.

»Der alte Dídac war mein Philosophielehrer am Gymnasium«, erzählte er. »Er war ein seltsamer Mann. Damals in der Stadt hieß es, er sei ein Mann der Bücher, der Waffen verabscheue. Doch nach dem Krieg, in den Bergen, veränderte er sich. Wenn es hart auf hart kam, fackelte er nicht lange. Einmal waren wir auf der Flucht vor französischen Kollaborateuren. Da blieb er ganz allein am Eingang einer Schlucht zurück und hielt die Verfolger mehr als zwei Stunden lang in Schach. Er erschoss zwei Gendarmen und rettete uns das Leben.«

Ich konnte mir den Großvater nur schwerlich mit einem Gewehr in der Hand vorstellen. Er hatte nie über den Krieg gesprochen, nicht einmal, wenn wir allein durch die Schonung streiften. Ich richtete mich auf, hütete mich jedoch, den Comissari zu unterbrechen, der sich gegen seinen Rucksack lehnte und in Plauderlaune zu sein schien.

»Vor dem Krieg war dein Großvater von uns allen der glühendste Verfechter der Republik. Er war überzeugt, wir würden eine neue Ära erleben. Aber dann war er plötzlich von einem auf den anderen Tag ernüchtert. Er vertraute noch immer auf die Menschheit, aber an die Menschen glaubte er nicht mehr. Er misstraute den unseren ebenso sehr wie den anderen. Die ersten Kriegstage hatten ihn verändert.«

41

Die Männer unserer Gruppe sowie ein paar der anderen, die aus Frankreich gekommen waren, hatten sich am Feuer niedergelassen, um dem Comissari zuzuhören. Der Kommandeur wusste aus erster Hand, was hinter den Linien auf Seiten der Republikaner geschehen war, und seine Erinnerungen daran waren noch so frisch, als wäre der Krieg nie zu Ende gegangen …

> Der 30. Juli 1936 fing schon schlecht an. Auf dem Marktplatz hatte sich bei irgendwem ein Schuss gelöst, und daraufhin hatte eine Gruppe von Milizionären, aufgeschreckt durch die wegrennenden Leute, begonnen, blindlings mit ihren Gewehren herumzuballern. Bald darauf hatte sich die Schießerei in der ganzen Stadt ausgebreitet, und die Angst, die sich in den Gesichtern der jüngsten Soldaten zeigte, trug nicht dazu bei, die Gemüter zu beruhigen.

Der Vorfall zog sich mehr als eine halbe Stunde hin und versetzte die Einwohner, die ohnehin schon durch die seit einigen Tagen unkontrolliert und mit Vollgas durch die Stadt rasenden Fahrzeuge beunruhigt waren, endgültig in Angst und Schrecken. Die Nerven der Bürger waren zum Zerreißen gespannt. Ständig stiegen ungeübte Fahrer jäh auf die Bremse und gerieten mit quietschenden Reifen ins Schleudern. Wiederholt kam es zu Zusammenstößen. An den gefährlichsten Kreuzungen häuften sich inzwischen die zurückgelassenen Autowracks. Sämtliche Privatfahrzeuge, darunter auch die, die bei Autohändlern ihrer Käufer geharrt hatten, waren konfisziert und von den Milizionären mit den Initialen der führenden Organisationen von Anarchisten, Anarchosyndikalisten, Kommunisten und anderen Gruppierungen bepinselt worden: Alle Buchstaben des Alphabets waren vertreten.

Nachts wurde aus Nervosität blanke Angst: Hielt ein Auto vor einer Tür an, war dies ein Zeichen, dass jemand abgeholt und ins Gefängnis oder fernab von neugierigen Blicken zu einer *Spazierfahrt* gebracht wurde. Schon am Stadtrand wurde er erschossen und sein Leichnam im Straßengraben liegengelassen. Infolge der raschen Ausbreitung dieser *Spazierfahrten* hießen die Wagen der Milizionäre bei den verängstigten Bewohnern der Stadt bald *Todesautos*.

Am Abend dieses Tages verschlimmerte eine Radionachricht die Lage. Der Regierungssprecher verlas einen Aufruf zur Mobilmachung: »Heute haben die Truppen der aufständischen Militärs um General Franco den Versuch unternommen, an der Küste zu landen, aber unsere

Kanonen und unsere ruhmreichen Luftstreitkräfte haben sie daran gehindert. Es besteht kein Grund zur Beunruhigung, doch es gilt, mehr denn je wachsam zu sein und auf Attacken aus dem Hinterhalt achtzugeben. Die wahre Gefahr geht jetzt von den Feinden hinter den Linien aus.«

André Stendhal stand auf und schaltete das Radio aus. In diesem Moment trat der alte Dídac ein und hängte sein Gewehr hinter der Tür auf. Von der Straße dröhnte das an den Nerven zerrende Reifenquietschen der Autos herauf, die um diese Zeit abermals durch die Stadt brausten.

»Es ist so weit. Die Jagd auf die Anhänger der Fünften Kolonne hat begonnen«, murmelte er.

Seit dem Ausbruch des Krieges war Dídac der revolutionären Begeisterung hinter der Front mit Misstrauen begegnet. Als die Seinen wenige Stunden nach dem Militärputsch Gefängnisse öffneten und die Volksmilizen bewaffneten, war ihm klar: »Wir sind in der Überzahl, und wir sind im Recht, doch wenn wir uns mit Verbrechern zusammentun und die Ordnung nicht wiederherstellen, können wir nur verlieren.«

Sein Schwiegersohn Stendhal teilte seine Ansichten nicht.

»Die Faschisten sind einflussreich. Wir tun gut daran, uns zu verstärken.«

»Durch Kriminelle?«

»Hört doch mal …«, fiel Annie ihnen ins Wort.

Vom Nonnenkonvent der Dienerinnen des Allerheiligsten Sakramentes dröhnte hektisches Glockengeläut. Gleich darauf begann es näher, vielleicht am Mercadal, ebenfalls zu läuten, und sofort fielen weiter entfernte Glocken ein, bei den Bernhardinerinnen und der Herz-Jesu-Kirche. Sie klangen immer gehetzter, anfangs wie eine beunruhigte Klage, bald darauf wie ein verzweifelter Schrei.

Sie hasteten nach oben, auf die Dachterrasse. Dani, der seinerzeit erst zwölf oder dreizehn Jahre alt war, war aufgewacht und hatte sich ihnen angeschlossen. Auf der Treppe stießen sie auf Rossa, die mit ihrem schlafenden Kind auf dem Arm aus der Wohnung im zweiten Stock kam. Stendhal nahm ihr den Kleinen ab, der mit seinen fünf Jahren bleischwer war. Auf dem Dach lehnten sich bereits die jungen Frauen aus dem vierten Stock über die Brüstung und schauten auf die Stadt hinab. Mit ausgestreckten Armen deuteten sie auf die Feuerzungen, die in der Altstadt loderten. Hier und da fiel ein Schuss. Sämtliche Kirchen und Klöster hatten sich dem Geläut der hilfeheischenden Glocken angeschlossen. Auf dem Devesa-Damm waren Motorengeräusche zu hören. Sie liefen zur anderen Seite des Flachdachs und sahen, wie zwei Kolonnen mit Militärlastwagen, in denen schwerbewaffnete Soldaten saßen, die Stellungen auf dieser Seite der Stadt aufgaben und sich in die Kasernen zurückzogen. Die Nacht gehörte dem Mob. Obwohl die Glocken weiter um Hilfe flehten, rührte sich niemand, um den Nonnen und Priestern beizustehen. Die jungen Frauen aus dem vierten Stock, die regelmäßig in der Kapelle Montserrat del Mercadal die Messe besuchten, hatten zu weinen begonnen. Da erklärte der alte Dídac erneut: »Dieser Krieg hat gerade erst begonnen, und schon haben wir ihn verloren.«

Um sieben Uhr morgens verließen sie das Haus. Stendhal machte sich Sorgen, was während der Nacht im Gefängnis passiert sein mochte. Er hatte den Sabaters versprochen, ein Auge auf den alten Großgrundbesitzer zu haben, der im Dorf am Tag nach dem Putsch der Franquisten verhaftet worden war. Er hatte diesen verfluchten Kerl noch nie leiden können, der sich für den allmächtigen Herrgott hielt und sich das Recht anmaßte, über das Wohl und Wehe der Bauern zu entscheiden, und der den alten Dídac in den Ruin getrieben hatte, indem er ihn um sein Stück Land und damit das Nutzungsrecht am Wasser des Kanals brachte; aber er hielt auch nichts von der Lynchjustiz des rachsüchtigen Volkes, und so hatte er der Frau und den Söhnen des Gutsherrn sein Wort gegeben, alles in seiner Macht Stehende zu unternehmen, um ihn zu beschützen. Bis zu diesem Tag hatte er ihn vor den *Spazierfahrten* bewahren können. Doch nun war die Lage komplizierter geworden.

Der alte Dídac, der sich nicht davon abbringen ließ, die hitzköpfigen Milizionäre zur Vernunft bringen zu wollen, schloss sich Stendhal an. Um diese Zeit war die Stadt menschenleer. Viele Anwohner hatten die ganze Nacht kein Auge zugetan, sondern auf Dächern oder hinter Fenstern ausgeharrt. Die Angst steckte ihnen noch in den Knochen. Stendhal und Dídac beschlossen, sich unterwegs am anderen Flussufer die Folgen der Ereignisse anzuschauen, die sie vom Dach aus verfolgt hatten. Je weiter sie ins Zentrum kamen, desto mehr bestätigten sich ihre schlimmsten Vorahnungen: Der zügellose Pöbel hatte versucht, alle religiösen Gebäude in Brand zu stecken. An der Pforte des Mercadal stießen sie auf eine erste Rotte von Brandstiftern, die aus einem Fenster der Sakristei Kelche, Monstranzen und allerlei andere Kultgegenstände warfen und aus dem Hauptportal Skulpturen, Gemälde, das Harmonium sowie sämtliche Bücher und Notenblätter trugen, die sie in der Mitte der Straße zu einem Stapel auftürmten, um sie in Brand zu stecken.

Der alte Dídac wurde rot vor Zorn und versuchte, sie aufzuhalten.

»Was macht ihr da? Das ist das kulturelle Erbe der Stadt. Mit diesen Instrumenten haben unsere Kinder die Musik kennengelernt, vor diesen Bildern sind wir getauft worden, hier haben wir geheiratet und unsere Toten verabschiedet! Man muss nicht an Gott glauben, um Achtung vor der Geschichte zu haben!«

»Sorgt dafür, dass der Alte verschwindet, oder werft ihn auf den Scheiterhaufen!«, rief ein korpulenter Mann, offenbar der Anführer der Gruppe.

Er musste von außerhalb sein, denn sie hatten ihn nie zuvor gesehen. Im Gegensatz zum alten Dídac, der Zivilkleidung trug, war Stendhal uniformiert und stellte sich zwischen seinen Schwiegervater und die Milizionäre. Bevor er den Mund aufmachte, ließ er seine rechte Hand ostentativ zu seiner Patronentasche gleiten.

»Wagt es nicht, Hand an einen Mann zu legen, der während der Diktatur sämtliche Gefängnisse dieser Provinz kennengelernt hat!«

Stendhals entschlossene Geste verunsicherte die Leute, die sich schon auf den alten Mann stürzen wollten. Dídac konnte seine Zunge nicht im Zaum halten und nutzte die Gelegenheit, um die Anwohner gegen die Plünderer aufzustacheln.

»Nur zu, verbrennt die Heiligenfiguren, die wir mit unserem Geld bezahlt haben! Mit ein wenig Glück greifen die Flammen auf die Häuser über, und ihr fackelt das ganze Viertel nieder.«

Eine Frau schrie voller Panik auf: »Er hat recht. Der Stapel ist zu nah an den Häusern!«

Der Aufstand der Nachbarn war nicht mehr aufzuhalten. Die Milizionäre ließen vom Scheiterhaufen ab, teilten einige Wertgegenstände untereinander auf und zogen sich zurück. Die übrige Beute, all das, was sie nicht interessierte, landete auf dem Friedhof der Heiligen, einem Baugrundstück, auf dem die Bürger die religiösen Bildnisse abladen konnten, die sie zu Hause hatten. Nur ein kleiner Teil wurde in einer Prozession zum Fluss getragen und den Fluten überlassen, die bereits Möbelstücke aus den in der Nacht gestürmten besseren Häusern mit sich führten. Es trieben darin auch Sofas aus den Herrenclubs der feinen Gesellschaft, aus Pfarreien geraubte Heiligenstatuen und ein riesiges Heiliges Herz aus der ersten Kirche, die in der vergangenen Nacht in Flammen aufgegangen war. Am Schockierendsten war jedoch der Anblick der Klaviere aus dem Musikalienhandel eines bekennenden Republikaners, die irrtümlich im Fluss gelandet waren. Der Anführer des Mobs hatte sich daraufhin bei dem armen Mann entschuldigt, der nicht wusste, ob er ihn zum Teufel wünschen oder ihm mit einer Pistole das Gesicht wegblasen sollte.

Auf der Rambla fuhr Stendhal und dem alten Dídac erneut der Schreck in die Glieder. Eine Rotte war dabei, einen verhafteten Priester abzuführen. Die beiden trafen just in dem Moment in der Flanierstraße ein, als der Kleriker unter den hitzigen Schmähungen einer Familie, die neu im Viertel war und die Festnahme mit erhobener Faust begrüßte, aus einer Tür trat. Oben auf dem Balkon fing die Mutter des Geistlichen so laut an zu zetern, dass die Nachbarn davon aufwachten. Viele erschienen an den Fenstern und schimpften so lange, bis die Eindringlinge vertrieben waren. Kaum zog sich der Mob zurück, begegneten Stendhal und Dídac einem Lastwagen, der über und über mit Möbeln beladen war. Auf der Ladefläche flegelte sich ein Milizionär mit Kindergesicht in einen Ohrensessel, den er auf die in einem Nonnenkolleg gestohlenen Bettgestelle und Kommoden gehievt hatte. Feixend grüßte der junge Bursche die Passanten wie ein kleiner König. Er wirkte hochzufrieden.

»Ihnen geht doch nichts über Ohrensessel!«, rief der alte Dídac und reckte die Arme in den Himmel, als flehe er um Erbarmen.

Zu Beginn des Krieges hatten Stendhal und sein Schwiegervater verwundert zur Kenntnis genommen, wie die Milizionäre ihr Herz an die absurdesten Dinge verloren. In den ersten Tagen hatte der Pöbel nach Gutdünken Fabriken, Clubs und Privathäuser stürmen können. Doch während ihre Familien hungerten, gaben sie sich damit zufrieden, Gardinen, Teppiche, Kandelaber sowie Hochzeits- und Kommunionkleider zu stehlen.

Nach zwei Wochen hatten die Anführer die komfortabelsten Häuser unter den verschiedenen revolutionären Organisationen aufgeteilt und weitere Plünderungen verboten. Die besten Gebäude der Stadt waren besetzt:

die Casa de Família in der Carrer de Pau Casals, die Kammer der Grundeigentümer in der Carrer dels Ciutadans, der Sitz der Katholischen Aktion in der Casa Carles in der Nähe des Rathauses, der Club auf der Rambla, das Kulturzentrum in der Carrer de la Força, das Centre Moral an der Plaça de Sant Agustí, das Lokal der Lliga im Cort Reial und der Kulturverein Ateneu Social, desgleichen unzählige Privatdomizile, etwa das Haus des Marquès de Camps in der Carrer de l'Albareda sowie die Wohnung des Forstbesitzers Ros und das Haus der Ribot, der Besitzer des Wasserkraftwerks, die beide am Rand der Altstadt gelegen waren.

Obwohl Plünderei offiziell verboten war, begegnete man noch immer hin und wieder Lastwagen mit Matratzen oder Möbeln mit ungewissem Ziel.

»Es stimmt, sie sind einfach verrückt nach Ohrensesseln«, stimmte Stendhal resigniert zu, der die Milizionäre noch immer zu verstehen versuchte. »Für einen schönen Ohrensessel würde dieser Pijoan töten! Einen hat er sich in das Haus bringen lassen, das er an der Rambla besetzt hat, einen weiteren ins Büro der Gewerkschaft, und erst gestern wurde ein dritter in die Wachstube des Gefängnisses gestellt.«

Um Punkt neun erreichten sie das Priesterseminar der Stadt, das bei Kriegsbeginn zum Gefängnis umfunktioniert worden war. Schon von weitem sahen sie die Menschenmenge, die sich vor der Pforte versammelt hatte. Unter den lauthals um Nachrichten flehenden Angehörigen machte Stendhal Sabaters Frau und Sohn aus. Er betrat den Komplex mit zusammengeschnürtem Magen und eilte mit großen Schritten, die Milizionäre, die ihm im Weg standen, zur Seite stoßend, die Treppe ins Stockwerk mit den Zellen hinauf. Die Zelle Nummer drei war leer.

Unmittelbar nach ihm traf der alte Dídac ein, der winzige Arrestzellen wie diese zur Genüge kannte, hatte er doch selbst darin drei Jahre, zwischen 1923 und 1926, unter der Diktatur Primo de Riveras seine Haft verbüßt.

»Diese Schweine!«, rief er, als er sah, dass der Raum leer war.

Für Dídac bestand kein Zweifel, was passiert war. Die Berichte der Gefangenen in den übrigen Zellen bestätigten, was das Klagen, das von der Straße heraufschallte, befürchten ließ: In der Nacht waren mehr als zwanzig Gefangene fortgebracht worden. Von den Überlebenden erfuhren sie, dass Sabater zwar auf der Liste gestanden hatte, aber aufgrund einer Laune des Schicksals für mehrere Stunden ins Krankenhaus hatte verlegt werden müssen. Als die Milizionäre ihn holen wollten, war er noch nicht wieder zurück gewesen. Er hatte vierundzwanzig Stunden gewonnen. Viel war das nicht, aber Stendhal klammerte sich an das Versprechen, das ihm Pijoan, der starke Mann des Komitees, gegeben hatte. Dieser Revolverheld schaltete und waltete, wie es ihm beliebte, und versetzte die Stadt in Angst und Schrecken, aber er hatte ihm versprochen, den Grundbesitzer nicht anzurühren.

»Diese Liste ist ein Fehler«, rief Stendhal. »Ich muss zu Pijoan!«

Sie rannten die Treppe hinab. Mitten in der Wachstube thronte Pijoans gelb-rot geblümter Ohrensessel.

Aber das Oberhaupt des Revolutionskomitees und seine Männer waren spurlos verschwunden.

Pijoan war auf der Jagd. Um diese Zeit betrat er das Internat, das die Patres vor kaum vierundzwanzig Stunden verlassen hatten. Entsetzt über die brennenden Kirchen und Morde an Geistlichen in der Stadt, waren sie überstürzt in Richtung Grenze oder zu tief im Wald gelegenen Bauernhäusern in den nahen Bergen geflüchtet. Die Erkenntnis, dass er zu spät kam, entfachte in Pijoan lodernden Zorn. Er befahl, alle fünf Stockwerke des Gebäudes von oben bis unten zu durchkämmen.

Seine Männer wollten sich schon zurückziehen, da hörte einer von ihnen in den Räumlichkeiten am Rande des Hauptgebäudes, die als Gästezimmer dienten, ein Geräusch. Über einer Tür hing eine Tafel mit der Inschrift »Saal Pius XI.«. Er öffnete die Tür und entdeckte zwei kleine Jungen, die mit einer Papierkugel Fußball spielten. Am anderen Ende des Raumes lasen zwei Patres im Licht, das durch das Fenster hereinfiel, in ihrem Brevier.

Nur Minuten später befragte Pijoan die Jungen, in der Hoffnung, ihnen etwas entlocken zu können, mit dem er die Priester öffentlich bloßstellen könnte. Aber die Sache war ganz harmlos. Die Mutter der sieben und zehn Jahre alten Brüder Pons war krank und zur Kur in einem Sanatorium, ihr Vater, ein Architekt, leitete ein Bauvorhaben in Kanada. Vor seiner Abreise nach Amerika hatte er mit dem Direktor des Internats vereinbart, dass die Jungen den Sommer 1936 in der Obhut der Priester verbringen würden.

Am Ende des Schuljahres hatten die anderen Schüler das Internat verlassen, und die beiden Jungen konnten sich in den Räumen des Internats und den angrenzenden Wäldern frei bewegen. Solange sie nur die Morgenmesse besuchten und pünktlich bei den Mahlzeiten erschienen, hatten sie keinerlei Verpflichtungen. Oft liefen sie in der Frühe ins Dorf oder badeten im Bach mit den wenigen Famuli, deren Zeitplan in den Ferien nicht ganz so streng geregelt war und die sich den Sommer über beim Bedienen der nicht in den Urlaub gefahrenen Priester abwechselten.

Ein paar Tage zuvor, am 26. Juli, hatten die Jungen bemerkt, dass die Patres schon nach dem Aufstehen ungewöhnlich beunruhigt waren. Den ganzen Sonntagmorgen standen sie in kleinen Gruppen beieinander und diskutierten, und zu jeder vollen Stunde versammelten sie sich ums Radio, um den Nachrichten zu lauschen. Beim Abendessen erörterten sie, ob es nicht besser sei, das Internat zu verlassen und in der Anonymität der Stadt unterzutauchen oder sich in Gutshäusern der Gegend zu verstecken, in denen sie wohlgelitten waren. Die Mehrheit sprach sich dafür aus, zusammen im Internat zu bleiben, zumindest vorläufig. Am Nachmittag des darauffolgenden Tages traf eine Gruppe von Diözesanmissionaren im Kolleg ein, die aus Banyoles geflohen waren und Gastfreundschaft und Beistand suchten.

»Solltet ihr jedoch befürchten, unsere Anwesenheit könne Anlass zur Verfolgung durch die Revolutionskomitees geben, bleiben wir natürlich nicht eine Minute länger hier, sondern ziehen weiter dahin, wohin Gott uns führt«, erklärte der Präsident des Missionshauses dem Rektor, der ihn bewegt anhörte.

»Ich glaube nicht, dass sich eure Anwesenheit nachteilig auf unsere Gemeinschaft auswirkt, aber selbst wenn es so wäre, würden wir uns glücklich schätzen, das Leid auf uns zu nehmen, um euch zu schützen«, erwiderte er.

In den folgenden Stunden riss der Strom der Nachrichten über brennende Kirchen und Morde an Geistlichen nicht ab, und im Internat überstürzten sich die Ereignisse: Am 29. Juli brachen die Missionare aus Banyoles überhastet auf, um einen sichereren Zufluchtsort zu suchen, und am 30. verließen auch die Patres und Famuli das Kolleg. Vor ihrem Aufbruch benachrichtigte der Direktor die nächsten Verwandten der Brüder Pons über den Notfall und bat Pater Juli und Pater Font zu bleiben und auf die beiden Jungen aufzupassen, bis sie abgeholt würden. In der letzten Nacht waren die Brüder und die beiden Priester im fünfstöckigen Schulgebäude ganz allein gewesen und hatten beschlossen, es sich im Gästetrakt bequem zu machen.

Pijoan wollte kein Wort mehr hören. Mit wutverzerrtem Gesicht riss er die Tür auf und schickte die Jungen hinaus.

Draußen auf der Freitreppe hatten sich die Mitglieder des Komitees in zwei Gruppen niedergelassen und spielten Karten. Auf dem letzten Treppenabsatz hielt der jüngste Milizionär, ein Bursche von vermutlich nicht einmal zwanzig Jahren, die beiden Patres mit vorgehaltener Waffe in Schach. Die Jungen erkannten Pater Juli und Pater Font nicht gleich. Man hatte ihnen ihre Soutanen ausgezogen und mit der Kleidung ihre Würde genommen. Ihre ärmellosen weißen Unterhemden, kurzen blauen Hosen, schwarzen Schuhe und Kniestrümpfe entblößten Arme und Beine, die ebenso bleich waren wie ihre entsetzten Gesichter, die das auf sie zielende Gewehr anstarrten.

Pijoan kam aus der Tür und befahl auf dem obersten Treppenabsatz: »Los, kommt!«

Auf dem Weg die Treppe hinab wandte er sich an den wachhabenden Milizionär: »Die beiden da gehen vorneweg.«

Die Panik der Patres wich Resignation. Sie umarmten die beiden Jungen. Dann ging Pater Juli auf der ersten Stufe des letzten Treppenabschnitts auf die Knie, und auf dem Treppenabsatz beschrieb Pater Font ein Kreuzzeichen in die Luft und sprach ihn von seinen Sünden los. Anschließend tauschten sie die Plätze. Pater Juli machte das Kreuzzeichen vor Pater Fonts ernster Miene und sagte: *»Ego te absolvo a peccatis tuis, in nomine Patris et Filii et Spiritus Sancti …«*

Pijoan war inzwischen am Fuß der Treppe angelangt und wurde ungeduldig.

»Jetzt reicht es aber mit dem Unfug! ›Vorwärts‹, habe ich gesagt!«

Zwei Milizionäre hasteten nach oben und stießen die Patres mit dem Gewehrkolben die Treppe hinab. Die beiden Jungen rührten sich nicht. Erschrocken starrten sie der Gruppe nach, die den Kreuzgang verließ und zu den Sportplätzen der jüngsten Schüler strebte. Inzwischen hatten alle Männer die Gewehre von der Schulter genommen und richteten sie auf die Rücken der Geistlichen. Pijoan hielt in der rechten Hand eine Pistole. An der Tür wandte Pater Juli sich ein letztes Mal um, aber der blutjunge Milizionär versetzte ihm missmutig einen Hieb und zwang ihn, schneller zu gehen.

Im Kreuzgang war es mit einem Mal still. Auf dem Absatz der Freitreppe wagten Josep Maria und der kleine Sebastià nicht einmal, einander anzublicken. Die Brüder starrten auf die Tür, die soeben das makabre Gefolge verschluckt hatte. In ihrer Todesangst wussten sie nicht, was sie tun sollten. Plötzlich hörten sie vom Fußballplatz Schüsse. Zitternd blieben sie auf der Treppe stehen und warteten. Sie versuchten, etwas zu sagen, doch die Worte wollten ihnen nicht über die Lippen kommen. Eine halbe Stunde verging. Eine Dreiviertelstunde vielleicht. Schließlich schauten sie sich an und stiegen die Freitreppe hinab. Anfangs zögerlich, hielten sie auf jeder Stufe inne. Dann rannten sie los.

Unten kamen ihnen erneut Zweifel. Sie gingen zur Tür und schauten nach draußen. Es war niemand zu sehen. Abermals warteten sie einen Moment und gingen dann hinaus zum Fußballplatz. Als sie am Tor ankamen, sahen sie die Leichen von Pater Juli und Pater Font in der Mitte des Platzes liegen. Die Augen in ihren angstverzerrten Gesichtern waren weit aufgerissen. Man hatte ihnen in den Kopf geschossen, zwei Blutlachen hatten sich im Sand des Sportplatzes ausgebreitet. Josep Maria nahm Sebastiàs Hand und sah in den Augen seines kleinen Bruders zum ersten Mal diesen verwundeten, tieftraurigen Blick. Da brach auch er in Tränen aus.

Zwei Tage später wurden sie von einem Onkel mütterlicherseits abgeholt, den die Patres in einem Ort an der Küste ausfindig gemacht hatten. Als sie durch das

Zentrum von Girona fuhren, fragte der Onkel Josep Maria: »Warum redet dein Bruder nicht?«

»Seit vorgestern auf dem Sportplatz sieht Tià so traurig aus. Er hat seither kein Wort gesprochen.«

Nach Mitternacht kehrte Pijoan in die Stadt zurück. Er betrat die Wachstube des Gefängnisses und stieß dort auf Stendhal und den alten Dídac, die hinter der Tür auf dem Boden schliefen. Erschöpft vom Sturm auf das Internat ließ er sich in den geblümten Sessel fallen und schickte seine Männer mit der Liste der Gefangenen, die sie abholen sollten, zu den Zellen. In der zweiten Nacht in Folge wollte das Revolutionskomitee zwanzig Häftlinge hinrichten, um den Bürokraten in der Regierung in Barcelona klarzumachen, dass von nun an sie das Sagen hatten.

Im Zellentrakt widersetzten sich die Gefangenen. Sie bestanden auf der Anwesenheit eines Richters oder des Stadtrates für Öffentliche Ordnung. Vom Tumult alarmiert, ging Pijoan ins Obergeschoss, um die Unruhestifter mit Waffengewalt gefügig zu machen. Doch das war nicht so leicht, wie er es sich vorstellte. Ein Siebzehnjähriger hatte sich zum Anführer der Insassen der Zellen Nummer zehn bis siebzehn aufgeschwungen. Mit Matratzen und dem Schutt einer Zwischenwand, die niederzureißen ihnen gelungen war, hatten sie im Seitengang eine Barrikade aufgetürmt. Auch die Häftlinge im mittleren Gang hatten Matratzen gegen die Türen gewuchtet und weigerten sich herauszukommen. Fluchend befahl Pijoan seinen Männern, das Maschinengewehr in Stellung zu bringen. Ein Backstein traf ihn im Gesicht und hätte ihm beinahe die Nase gebrochen. Ein zweiter junger Kerl, kaum älter als achtzehn, machte sich das Durcheinander zunutze, um einen leichtfertigen Milizionär zu überwältigen. Fast hätte er das Maschinengewehr in seine Gewalt gebracht, doch der Schuss eines Wärters traf ihn in die Brust, als er sich auf den Boden warf, um zu schießen.

Der alte Dídac und Stendhal, die von dem Knall geweckt worden waren, rannten gemeinsam mit den regulären Gefängniswachen die Treppe hinauf. Der Alarm wegen der Gefangenenrevolte hatte auch die Wärter auf Trab gebracht, die in dieser Nacht eigentlich an der Pforte Dienst taten. Sie stiegen über den Leichnam des niedergeschossenen Jungen hinweg und eilten zu dem fluchenden Pijoan. Er war außer sich.

»Zur Hölle mit Gott und all seinen Heiligen! Schafft endlich die Kerle raus, die auf der Liste stehen. Wenn sie sich weigern, erschießt ihr alle Gefangenen«, wetterte er, derweil er das Maschinengewehr herumschwenkte und auf die Zelle Nummer drei richtete. »Fangt mit dieser Zelle an.«

Der alte Dídac konnte seinen Mund nicht halten.

»Du kannst nicht wahllos drauflos schießen.«

Pijoan funkelte ihn zornig an. Er riss einem zitternden Jüngling die Liste aus den Händen und begann, die Namen der Häftlinge aufzurufen, die sich bereitmachen sollten zu sterben.

»Tomàs Sabater.«

Im ganzen Stockwerk wurde es still. Nur das leise Murmeln der Häftlinge, die betend in ihren Zellen knieten, war noch zu hören.

»Sabater steht unter meinem Schutz«, protestierte Stendhal. »An dem Tag, an dem ihr ihn verhaftet habt, hast du mir dein Wort gegeben.«

»Mit den Privilegien ist es vorbei. Wenn wir weich werden, verlieren wir den Krieg.«

Dídac ging abermals in die Offensive.

»Den Krieg verlieren wir wegen Leuten wie euch. Haben wir das etwa gepredigt? Erschießen wir jetzt verängstigte Priester und Kirchgänger?«

»Wir ziehen nur die zur Verantwortung, die unsere Leute in all den Jahren gequält haben. Wir schulden ihnen Gerechtigkeit.«

»›Ist es gerecht, Unrecht mit Unrecht zu vergelten, wie es das Volk will?‹, fragte sich einst Platon. Dürfen wir ungerecht sein, wenn es unseren Interessen dient?«

»Komm mir nicht mit deinem philosophischen Geschwätz, Dídac. Wir sind im Krieg und umgeben von Leuten der Fünften Kolonne. Jetzt kommt es einzig und allein darauf an, die Schuldigen büßen zu lassen.«

»Bist du jetzt Gott? Entscheidest du, wer schuldig ist? Ich saß drei Jahre lang in Haft, in Gefängnissen wie diesem hier: Meine Zelle sah genauso aus wie die von Sabater. Ich wurde gefoltert. Aber ich hatte immerhin einen Prozess.«

»Wenn wir denen keine Lehre erteilen, kommen noch mehr. Die Putschisten haben versucht, an der Küste an Land zu gehen, und diese Bande stand bereit, ihnen zu helfen.«

»Ihnen zu helfen? Die da? Aber die sitzen doch schon seit den ersten Kriegstagen im Gefängnis.«

»Meinst du etwa, sie hätten sich den Putschisten nicht angeschlossen, hätten die Erfolg gehabt?«

»Du willst ihnen das Leben nehmen wegen dem, was sie hätten tun können? Wegen einer Vermutung? Um Gottes willen ...«

»Pass auf, was du sagst, Dídac. Es fängt damit an, Gott anzurufen, und hört mit dem Verrat an der Revolution auf. Deine Brandrede auf dem Mercadal gestern ist nicht unbemerkt geblieben ... Bisher hat dich deine Vorgeschichte geschützt, aber der Tag kommt, an dem du beweisen musst, auf welcher Seite du stehst. Du wirst öffentlich erklären müssen, ob du noch loyal auf der Seite derer stehst, die für das Volk kämpfen.«

»Auf welcher Seite ich stehe, willst du wissen? Wessen loyaler Waffenbruder ich bin? Ich mag Waffen nicht, aber sie machen mir keine Angst, und für die Republik werde ich bis zum letzten Blutstropfen kämpfen, auch mit Waffengewalt. ›Die Gesetze hätten ohne Waffen keine Grundlage. Denn mit Waffen werden Republiken verteidigt, Königreiche aufrechterhalten, Städte geschützt, Wege gesichert und die Meere von Freibeutern gereinigt. Ohne sie wären die Republiken, die Königreiche, die Städte, die Wege zu Land und zu Wasser der ganzen Härte und den Wirren des Krieges ausgesetzt‹, schrieb Cervantes im *Quijote,* und wenn du nicht so dämlich wärst, würdest du es verstehen. Ich stehe auf der Seite der Freiheit. Ich bin für die Würde des Menschen und gegen die Todesstrafe!«

»Alle, die wir hingerichtet haben, waren steinreiche Kirchgänger.«

»Und was geht es uns an, ob sie zur Kirche gehen?

Nur die Taten zählen, nicht die Herkunft und nicht die Überzeugungen. Wenn sie an Gott glauben und sich in Kirchen versammeln wollen, ist das nicht unser Problem. Den Faschismus bekämpft man mit mehr Freiheit, nicht indem man Andersdenkende umbringt.«

»Ich kann dich nur noch einmal warnen: Hüte deine Zunge! Sich in Kriegszeiten zum Verteidiger des Feindes aufzuschwingen, kann leicht als Verrat gewertet werden. Wir sind das erste Bollwerk der Stadt, und die wird von infiltrierten Putschisten bedroht.«

»Schwachsinn! Ihr findet Gefallen am Töten. Und ganz nebenbei reißt ihr euch den Besitz dieser Leute unter den Nagel!«

Pijoan legte die Hand auf die Patronentasche. Der alte Dídac schaute ihm unbeirrt in die zornfunkelnden Augen und lächelte.

»Siehst du? Du regelst alles durch Schießerei.«

»Stopft ihm das Maul, oder ich erledige ihn gleich hier an Ort und Stelle«, brüllte Pijoan.

Die Milizionäre kannten Dídac vom jahrelangen gemeinsamen politischen Kampf. Sie rührten sich nicht. Nur ein hochgewachsener, schlanker, junger Mann mit Bart und Glatze, den niemand kannte, machte einen Schritt nach vorn, hieb den Gewehrkolben in die Seite des alten Mannes, und als dieser zusammenbrach, stieß er ihm das Knie ins Gesicht. Stendhal versuchte noch vergeblich, Dídac aufzufangen, doch er konnte nicht verhindern, dass sein Schwiegervater mit dem Kopf auf dem Boden aufschlug. Bewusstlos blieb er liegen. Klebriges Blut quoll zwischen seinen Haaren hervor und bildete rasch eine große Lache auf den weißen Bodenfliesen des Flures.

»Schafft die Gefangenen in die Wagen, wir haben schon genug Zeit verloren«, befahl Pijoan seinen Männern.

Mit vorgehaltenem Gewehr holten sie die Häftlinge aus ihren Zellen und trieben sie in Zweierreihen die Treppe hinunter.

»Ich will euch hier nicht mehr sehen. Lass dir das eine Warnung sein, Stendhal«, brüllte Pijoan unten an der Treppe, bevor er aus der Tür trat. »Und pass auf deinen Schwiegervater auf! Wenn er sich den Komitees noch einmal in den Weg stellt, lasse ich ihn hinrichten.«

Im Morgengrauen kam der alte Dídac wieder zu sich. Schon am zweiten Tag in Folge hatte sich vor dem Portal des Seminars eine verängstigte Menge versammelt und bettelte um Neuigkeiten über ihre Angehörigen. Stendhal schaute aus dem Gefängnisfenster und betrachtete die Leute. Wäre er allein gewesen, hätte er seinen Tränen freien Lauf gelassen. Er war wortbrüchig geworden, das war ihm nur zu bewusst. Doch er wollte sich seiner Verantwortung stellen, also suchte er Sabaters Frau und Sohn. Sie wollten ihn nicht anhören.

»Mörder!«, keifte die Frau aufgebracht und reckte rachedurstig die geballten Fäuste in den Himmel.

»Ich werde nicht eher ruhen, bis du dafür bezahlt hast!«, erklärte Sabaters Sohn ruhig.

Stendhal blickte in seine blutunterlaufenen Augen und wusste, Antònio würde seine Drohung eines Tages wahrmachen.

Es sollte nur drei Jahre dauern, bis die Sabaters ihre Rache bekamen. Als die Regierung erkannte, dass der

Krieg verloren war, begann sie mit dem Rückzug zur französischen Grenze. Pijoan, der nach den ersten Kriegsmonaten mit den militanten Anarchisten der FAI gebrochen hatte und Kommunist geworden war, schloss sich dem offiziellen Geleitzug in einem Lastwagen an, der mit allerlei Krimskrams beladen war. Kam der Militärkonvoi zum Stehen, ließ er sich den Ohrensessel herunterholen und machte auf der Landstraße ein Nickerchen, nicht ohne zuvor das laute Klagen der Abertausenden von Flüchtlingen zu verfluchen, die auf dem Weg in eine ungewisse Zukunft jenseits der Berge waren. Nördlich von Figueres ging ihm das Benzin aus, und er musste sich den langen Kolonnen anschließen, die sich zu Fuß durch den Schnee schleppten. Der Ohrensessel blieb auf einem weiß verschneiten Rübenfeld zurück.

Der alte Dídac und Stendhal kämpften derweil bis zur letzten Minute, bis zum Fall der Plaça de Sant Pere. Dann flohen sie ins Dorf und versteckten sich auf dem Dachboden des Schmieds, um sich in der Nacht zu einem der abgelegenen Bauernhäuser unterhalb des Pas dels Frares absetzen zu können. Durch Lüftungslöcher ließ der alte Dídac in seinem Versteck den Blick über seine Schonung gleiten. Das Pappelwäldchen lag wie eingezwängt zwischen dem Xapo-Hof und dem kleinen Haus an der Landstraße, den beiden Liegenschaften, die goldene Zeiten hinter sich hatten, doch nun, ohne Wasser, dazu verdammt waren zu verkümmern. Jetzt, im Februar 1939, war es vierzehn Jahre her, dass er die Bäume gepflanzt hatte, wenige Monate bevor man ihn zu drei Jahren Gefängnis verurteilt hatte. Noch ein paar regenreiche Jahre, dann könnte er sie vielleicht fällen und mit dem

Erlös eine gute Schule für seinen Enkel Dani bezahlen. Vielleicht hätte sich die Lage im späten Frühjahr beruhigt, und er könnte, wie in jedem Sommer, in der Pflanzung arbeiten. Mit dem Ostwind stieg ein milder Dunst von den Feldern zu ihm herauf, und er wünschte, die Monate würden rasch vergehen.

Lautes Klopfen an der Haustür und die übertriebenen Rufe des Schmieds, der versuchte, die Flüchtigen zu warnen, brachten ihn in die Realität zurück: Irgendwer hatte sie den franquistischen Truppen verraten, die soeben ins Dorf einmarschiert waren.

Stendhal erwartete die Häscher oben an der Treppe. Sie schlugen ihn brutal zusammen, stießen ihn mit dem Gewehrkolben die Treppe hinab und scherten sich nicht weiter um den alten Dídac, der sich zitternd hinter einem Balken des Dachstuhls verbarg. Stendhal wurde ins Gefängnis in der Stadt gebracht und vor das oberste Kriegsgericht gestellt. Ehemalige Häftlinge, die die Säuberungsaktionen zu Beginn des Krieges überlebt hatten, bezeugten dort, dass der frühere Französischlehrer Pijoan die Stirn geboten hatte, doch ihre Aussagen halfen Stendhal ebenso wenig wie der Brief, den einer der Honoratioren der Provinz dem Richter diskret zuspielte und darin um Gnade bat »für einen guten Menschen, der sich trotz der Gefahr für das eigene Leben erfolglos, aber mit Nachdruck bemühte, die kriminellen Machenschaften der Roten zu unterbinden«. Antònio Sabater forderte den Tod des Mannes, dem er den Mord an seinem Vater zur Last legte, und der Militärrichter, ein ehemals enger Freund und Jagdgefährte des alten Don Tomàs Sabater, entsprach seinem Wunsch nach Vergeltung. Im Morgengrauen des 4. April 1939, exakt zwei Monate, nachdem Girona den Nationalen in die Hände gefallen war, exekutierte ein Erschießungskommando André Stendhal an der Friedhofsmauer. Annie hatte sich am Nachmittag zuvor von der Straße durch die Gitter der Zelle Nummer drei von ihm verabschiedet, derselben Zelle, in der der alte Sabater in jener Nacht gesessen hatte, in der er zu einer *Spazierfahrt* geholt worden war. Nach der Hinrichtung durfte sie den Leichnam nicht sehen, der in einer großen Grube an einer Seite des Friedhofs verscharrt wurde. Der alte Dídac hatte sich inzwischen in den Bergen versteckt und erfuhr erst nach einer Woche davon.

Aber das sollte erst drei Jahre später, bei Kriegsende, geschehen. Am Morgen des 1. August 1936 konnte Annie Stendhal noch nicht ahnen, welches tragische Ende das Schicksal für ihre Familie bereithielt. Sie war bloß beunruhigt, weil die Männer nicht nach Hause gekommen waren.

Des Wartens müde und aufgrund des Ausbleibens von Nachrichten in Sorge, begab sich Annie Stendhal frühmorgens zum Gefängnis, um sich nach ihrem Vater und ihrem Ehemann zu erkundigen. Sie war im Begriff, das Gebäude zu betreten, als sie den alten Dídac und Stendhal am anderen Ende der Straße, unterhalb des Zellentrakts, bei den Angehörigen der Häftlinge stehen sah. Erleichtert beschloss sie, vor dem Portal auf die beiden zu warten. Unterdessen fiel ihr eine zitternde Gestalt ins Auge, die das Gefängnis verließ. Der Mann ging mit gesenktem Blick und stolperte bei der Eingangsstufe, konnte sich aber im letzten Augenblick wieder fangen. Er eilte durch das Tor und hastete zu den Treppen von Sant Martí. Es war Pere Ros, der Forstbesitzer. Sie schaute ihm nach. Mit unsicheren Schritten näherte er sich einer Straßenecke, an der drei Männer in Uniform rauchend Wache hielten.

Annie erkannte, dass Ros bei seinem Aussehen unweigerlich die Aufmerksamkeit der Milizionäre wecken würde, und dachte nicht lange nach. Sie ging zu ihm und bot ihm ihren Arm an. Der arme Mann, der sich kaum auf den Beinen halten konnte, hakte sich ein und ließ sich von ihr führen.

Sie wechselten auf die andere Straßenseite, stiegen die Treppe hinab und befanden sich einen Moment später auf dem Cort Reial. Dann überquerten sie den Fluss über die Sant-Agustí-Brücke und eilten durch wenig belebte Straßen zum Bahnhof, an dem der Zug nach Olot abfuhr. Unterwegs blickte Ros nicht ein einziges Mal auf, er sprach kein Wort. Am Bahnhof führte Annie ihn sogleich zum Schalter und kaufte ihm eine Fahrkarte zu einer entfernten Station, zwei oder drei Orte hinter seinem wahren Ziel.

Als der Zug kam, begleitete sie Ros zu seinem Waggon.

»Ich konnte dich nicht zu Rossa bringen. Dort werden sie sicher als Erstes nach dir suchen. An deiner Stelle würde ich nicht im Dorf aussteigen. Geh nicht nach Hause. Sicher kann dir einer deiner Pächter helfen, über die Grenze zu kommen.«

42

Der Comissari hielt inne. Er erhob sich, entfernte sich ein paar Schritte vom Feuer und pisste gegen einen Nussbaum mit riesiger Krone. Zurück am Lagerfeuer schnitt er ein Stück Brot ab und steckte es sich in den Mund. Dann trank er einen Schluck aus dem Weinfass, das er über seinen Kopf stemmte. Schließlich zündete er eine neue Zigarette an und nahm einen tiefen Zug. Ich schwieg. Wie hypnotisiert starrte ich in die Flammen des Lagerfeuers, in dem das Eichenholz knisterte. Ich wollte ihn nicht drängen. Der Comissari nahm einen weiteren Schluck. Anschließend räusperte er sich und nahm den Faden seiner Erzählung wieder auf.

Nachdem sie Ros in den Zug gesetzt hatte, kehrte Annie zur Plaça de Sant Pere zurück. Bei ihrer Ankunft wimmelte es im Treppenhaus bereits vor Milizionären. Im zweiten Stock stand die Tür offen, und Annie sah, wie die Männer Rossas Wohnung auf den Kopf stellten. Ich war der offizielle Kopf der Operation. Als ich sie auf dem Treppenabsatz stehen sah, ging ich hinaus und packte sie am Arm.

»Ein Vögelchen hat mir zugetragen, du seist Arm in Arm mit Ros auf der Sant-Agustí-Brücke gesehen worden.«

»Du spinnst wohl! Ros gehört zu Rossa. Ich habe nur einen Mann: Stendhal.«

»Mir ist es ganz egal, wem du hilfst«, beschwichtigte ich sie. »Wegen dem Mist, den diese Milizionäre verzapft haben, verplempere ich nur meine Zeit. Dass Ros fliehen konnte, ist die Schuld von Pijoans Leuten. Wie es aussieht, haben sie ihn in die Wachstube gebracht, um ihm eine amtliche Mitteilung zu übergeben, und dann haben die Idioten ihn dort unten vergessen. Die Gefängniswärter gingen davon aus, die Leute vom Komitee würden sich um ihn kümmern, und der Schweinehund hat sich den Tumult der Angehörigen zunutze gemacht und ist einfach aus der Tür spaziert, als wäre er auch bloß ein Besucher.«

Im Schein des Lagerfeuers verzog der Comissari das Gesicht zu einem spöttischen Grinsen. Ihm war die Selbstherrlichkeit, die die Komitees in den ersten Kriegswochen an den Tag gelegt hatten, gehörig auf die Nerven gefallen. Damals war er Polizeibeamter gewesen und hatte keinerlei Sympathie für Pijoan oder dessen Schergen gehegt. Er brach in schallendes Gelächter aus, in das seine Männer einfielen, dann kehrte er zu dem Tag zurück, an dem Ros in Girona durch die Pforte des Priesterseminar-Gefängnisses entkommen war.

Ich erinnere mich, wie ich an jenem Tag auf dem Treppenabsatz vor Rossas Wohnung zu Annie Stendhal gesagt habe: »In Erinnerung an alte Zeiten gebe ich dir einen guten Rat. Pass in Zukunft auf. Die Milizionäre schäumen vor Wut und werden euch im Auge behalten, dich, Stendhal und deinen verrückten Vater.«

Der Comissari sprach weiter, aber ich hörte ihm schon seit einer geraumen Weile nicht mehr zu. »Ros gehört zu Rossa«, hatte Senyora Stendhal gesagt. Was sollte das heißen? Mein Herz klopfte wie wild. Wenn Ros zu Rossa gehörte, sollte das etwa bedeuten, dass Ros ein Verhältnis mit meiner Mutter gehabt hatte? Mir fiel der schmächtige Mann ein, der jeden Donnerstag zum Haus an der Platanenallee gekommen war, ans Küchenfenster geklopft und mir Konservendosen mit Oliven und Thunfisch geschenkt hatte. Ich versuchte, mir seine Züge zu vergegenwärtigen, doch es gelang mir nicht. In meiner Erinnerung war der Mann zu Senyora Stendhal und uns anderen freundlich gewesen, aber jeder Versuch, sein Gesicht in mir wachzurufen, scheiterte. Mein Verstand arbeitete auf Hochtouren. Ich brauchte Antworten, wusste jedoch nicht, wie ich den Comissari danach fragen sollte.

»Was meinte Senyora Stendhal damit, als sie sagte: ›Ros gehört zu Rossa‹?«, war alles, was ich schließlich hervorbrachte.

»Mensch, Junge! Du bist jung, aber so jung nun auch wieder nicht. Das solltest du eigentlich verstehen. Rossa war Ros' Geliebte, er hat sie ausgehalten. In der Stadt wussten alle Bescheid. Der Sauhund hatte zwei Frauen: seine rechtmäßige Gattin im Dorf und Rossa in der Stadt. Er hatte ihr eine Wohnung eingerichtet … Ihr und dem Jungen.«

Mir wurde schwarz vor Augen, als ich eins und eins zusammenzählte: Der Junge war ich! Abermals verspürte ich einen Stich. Was zur Hölle sollte das Ganze bedeuten? Meine Mutter? Ros? Ich?

Der Comissari bemerkte mein Unwohlsein und schwieg. Er musterte mich mit fragendem Blick, unsicher, ob ich womöglich umkippen würde. Er wartete.

»Der Junge bin ich«, stammelte ich leise.

Der Comissari, der im Krieg Seite an Seite mit dem Großvater und Stendhal hinter den Linien gekämpft hatte, machte große Augen. Jetzt war er derjenige, der nicht verstand.

»Welcher Junge?«, platzte er schließlich heraus. »Du meinst, Rossas Sohn?«

Warum hatte Senyora Stendhal mir nie erzählt, dass meine Mutter und Ros ein Verhältnis hatten? Wusste der Großvater Bescheid? Natürlich, er musste es wissen. Und Dani? Nein, Dani nicht, Dani konnte es nicht gewusst haben … Ich bekam keine Luft. Das Lagerfeuer begann sich zu drehen. Am Ende muss ich tatsächlich das Bewusstsein verloren haben, denn das Nächste, an das ich mich erinnere, ist der Comissari, der mir ins Gesicht schlug und »Junge! Junge!«, rief.

Als ich mich aufrichtete, sah ich, dass weitere Männer dazugekommen waren. Einer der Franzosen saß neben dem Comissari und kaute auf einem Stück Brot. Ich stand auf, und er stellte sich vor.

»Ich bin Sixte, aber du kannst Fonoll zu mir sagen. So nennt man mich, Fenchel, weil ich gerne Fenchelblüten kaue. Ich hatte damals eine Freundin. Sie teilte sich an der Plaça de Sant Pere mit anderen jungen Frauen eine Wohnung. Immer wenn ich Urlaub hatte, habe ich sie besucht. Manchmal haben wir euch im Treppenhaus getroffen, dich und deine Mutter, wenn ihr aus eurer Wohnung im zweiten Stock kamt.«

Ich nahm wieder Platz und schaute ins Feuer. So schwach ich mich fühlte, zurückziehen wollte ich mich nicht. Forschend sah ich dem Comissari in die Augen. Doch der schien zu denken, dass dies nicht der richtige Zeitpunkt war, sich den Kopf über meine Eltern zu zerbrechen, deshalb fuhr er mit der Geschichte über die Stendhals fort, oder besser gesagt, mit den Teilen, die ihm bekannt waren: dem, was er selbst erlebt hatte, und dem, was er vom Großvater und von Dani in der Zeit erfahren hatte, in der sie nach dem Krieg gemeinsam in den Bergen im Widerstand gekämpft hatten.

Stendhal und Dídac wurden aus den Revolutionsmilizen geworfen und fanden Arbeit in einer Rüstungsfabrik. Mit jedem Tag wuchs ihre Skepsis über den Verlauf des Krieges, aber sie hatten sich vorgenommen, das Thema ruhen zu lassen. »Wir waren im Recht, aber vom ersten Tag an haben wir unsere Zeit mit internem Machtgerangel vertan. Deshalb beziehen wir jetzt Prügel«, sagte der alte Dídac einmal zu mir. Zu dieser Zeit sahen wir uns nur noch sehr selten. Bis die Putschisten kamen und wir diesen Teil der Stadt Haus für Haus verteidigen mussten. Da griffen Dídac und Stendhal erneut zu den Waffen. Sie waren sehr tüchtig, wenn es galt, Anwohner zu mobilisieren und Barrikaden zu organisieren.

An dem Tag, an dem deine Mutter starb, spielten sie eine führende Rolle bei der Verteidigung der Plaça de

Sant Pere, die von einem Stoßtrupp italienischer Faschisten belagert wurde. Es gab viele Verletzte, darunter Männer aus dem Viertel, die Rossa von flüchtigen Begegnungen im Treppenhaus kannte, wenn diese die jungen Frauen besuchten, um zu feiern. Sie ging hinunter auf den Platz, um zu helfen. Mit ihrem langen schwarzen Haar sah sie aus wie ein Erzengel, und sie hatte ein Händchen dafür, sich um die Schwerverletzten zu kümmern. Am Nachmittag, bald nach Beginn der letzten Offensive der Putschisten, wurde ein junger Rekrut von einer Kugel in die Lunge getroffen. Rossa sah, wie er um Luft rang, und schloss ihn in die Arme. Mit einem feuchten Tuch säuberte sie seine Wunde und sprach leise zu ihm, wie zu einem Neugeborenen.

Kaum war der Junge in ihren Armen gestorben, da bekam auch sie eine Kugel ab. Sie schwankte und sackte nach vorn über den Toten. Im dritten Stock hatte Annie Stendhal die Szene am Fenster beobachtet. Sie hastete nach unten, um Rossa zu helfen. Als sie zu ihr kam, war Rossa bleich. Ihr Atem ging flach. Sie klammerte sich an die Arme des toten Jungen, und in dem Bewusstsein, dass auch sie sterben würde, bat sie Annie: »Versprich mir, dich um meinen Jungen zu kümmern.«

Ihr Blick wanderte hinauf zum zweiten Stock, wo sie hinter dem Wohnzimmerfenster ihren Sohn entdeckte, der zu ihr herabschaute.

»Lluc braucht eine Familie, und du kannst sie ihm geben.«

Der Comissari seufzte. Er sah nicht aus wie ein Mann, der sich sentimentale Schwächen erlaubte, aber nun, da er erfahren hatte, dass ich die Hauptfigur dieses Teils der Geschichte war, die der Großvater ihm so viele Male erzählt hatte, wirkte er aufgewühlt. Besorgt sah er mich an. Er hatte das Ende seines Berichtes erreicht und wusste nicht, wie ich reagieren würde.

»Als sie die flehenden Worte deiner Mutter hörte, schloss Annie Stendhal sie fest in ihre Arme, gab ihr einen Kuss auf die Stirn und schwor ihr, dass sie dich aufziehen werde wie ein eigenes Kind. Rossa versuchte noch, dankbar zu lächeln, dann setzte ihr Atem aus. Die Kugel der faschistischen Truppen hatte sie in der Brust getroffen und Herz und Lunge durchbohrt.«

»Das stimmt, genauso war es«, meldete sich überraschend die tiefe Stimme von Fonoll, der hinter uns lag und ausgesehen hatte, als ob er schliefe, dabei hatte er dem Bericht zugehört.

Ich drehte mich um und sah, dass er sich aufgerichtet hatte. Auch der Comissari wandte sich um und warf ihm irritiert einen fragenden Blick zu.

»Es stimmt Wort für Wort. Alles ist genauso passiert, wie es der Comissari erzählt. Nur in einem Punkt irrt er: Die Kugel, die Rossa auf der Barrikade der Plaça de Sant Pere tötete, kam nicht von den Faschisten, sondern aus unseren Reihen. Sie wurde in den Rücken geschossen.«

»Verdammt, Fonoll. Wie kommst du dazu, so etwas zu behaupten?«, fragte der Comissari, dem die Verblüffung ins Gesicht geschrieben stand.

»Ich war da. Meine Freundin Maria und ich waren schon zu Beginn des Angriffs der Faschisten hinuntergegangen und haben alles mit angesehen. Ein Milizionär hat sie erschossen. Wir kannten ihn nicht, und als ich seine Verfolgung aufnehmen wollte, war er bereits durch die Carrer de la Rosa entwischt.«

»Du warst der Freund von Maria? Der Maria, die an der Plaça de Sant Pere mit anderen jungen Frauen zusammengewohnt hat?«, fragte ich. »Sie war einmal an einem Feiertag mit ihren Freundinnen bei uns im Dorf. Da habe ich gehört, wie sie zu Senyora Stendhal sagte, sie habe im Zug den Mann gesehen, der meine Mutter erschossen hat, sie könne sich gut an ihn erinnern. Wenn du bei ihr warst, musst du ihn auch gesehen haben.«

»Wie gesagt, er war nicht von hier. Ich kannte ihn nicht. Aber ich weiß noch genau, wie er aussah. Er hatte einen Bart und eine glänzende Glatze, wie eine Glühbirne.«

Ich spürte einen Stich in der Brust und streckte die Hand nach dem Messer aus, das ich vor mir in den Boden gerammt hatte. Im Feuer verbrannten knisternd die Eichenholzscheite. Ein Luftzug fegte durchs Lager, und ich erinnerte mich, wie kalt sich die Scheibe des Wohnzimmerfensters an meiner Wange an jenem Nachmittag angefühlt hatte, an dem ich zugesehen hatte, wie meine Mutter auf der Plaça de Sant Pere zusammengesackt war. Ich drehte mich blitzschnell um und schleuderte das Messer voller Zorn in den Nussbaum.

43

In dieser Nacht machte ich kein Auge zu. Am nächsten Morgen kam der Comissari dazu, wie ich vor den Resten des Feuers auf dem Boden hockte und an einem Stück Holz herumschnitzte. Ab und zu wandte ich mich um und warf das Messer mit Schwung in den Stamm des Nussbaums. Ich übte seit zwei Jahren und war inzwischen zu einem erfahrenen Messerwerfer geworden. Der beste im ganzen Maquis. Als der Comissari sich dem Feuer näherte, flog das Messer zwei Handbreit an seinem Gesicht vorbei. Dort, wo es landete, hatte sich von den früheren Würfen bereits eine tiefe Kerbe gebildet.

»Immer sachte«, protestierte er.

Ich stand auf und zog das Messer aus der Baumrinde. Dann setzte ich mich wieder und begann, es in den Boden zu rammen, in immer kleineren Kreisen, aus denen schließlich eine Zielscheibe wurde.

»Heute Nacht muss ich eine Lieferung zum Dorf bringen.

Ich brauche einen Führer. Es heißt, du seist oft unten in der Ebene, und niemand kenne die Bewegungen der Soldaten so wie du.«

»Heute Nacht? Und die Offensive?«

»Das dauert noch ein paar Tage. Und anfangen können sie auch ohne uns. Wir schließen uns ihnen später an.«

Seit wir uns im Frühsommer an die Grenze zurückgezogen hatten, war ich nicht mehr im Dorf gewesen. Es klang verlockend, und auch die Aussicht, zusammen mit dem Comissari zu gehen, gefiel mir.

»Was müssen wir denn ins Tal bringen?«, wagte ich zu fragen. »Waffen?«

»Penizillin.«

»Was ist das?«

»Ein Wunder-Medikament, das hier nicht hergestellt wird. Es ist Gold wert.«

Wir waren die ganze Nacht unterwegs und erreichten im Morgengrauen den Pas dels Frares. Von dort beobachteten wir die Eisenbahnlinie im Tal und die Zuwege zum Haus des Stellwärters. Ich schlug die Route vor, auf der wir am sichersten dorthin gelangen würden, und wir kamen überein, nach Einbruch der Dunkelheit hinabzusteigen. Der Comissari und Fonoll, der mit uns gekommen war, legten sich schlafen. Ich blieb stehen und konnte meine Augen nicht vom Dorf abwenden. Dann suchte ich mir einen Felsen, an den ich mich anlehnen konnte, und holte Danis schwarz-blau marmorierte Kladde aus meiner Tasche.

Ich hatte sie, zusammen mit seinen übrigen Habseligkeiten, gleich an meinem ersten Tag im Lager gefunden, nachdem ich die Werkstatt im Dorf verlassen hatte und in die Berge gekommen war. Seitenweise hatte er dem Heft seine Erlebnisse, Eindrücke und Gedanken anvertraut und auf die Ränder in seiner akkuraten Handschrift Gedichte geschrieben, winzig klein, um alle Ecken auszunutzen. Offenbar hatte er sie im Haus an der Landstraße verfasst, damals, an jenen Tagen, an denen er sich in der Stube eingeschlossen und mir Sachen vorgelesen hatte, die ich nicht verstand. Inzwischen kannte ich sie längst auswendig, aber ich las noch immer gern die Worte, die er so sorgfältig in der Kladde notiert hatte.

Und die Felsen sprengt
Die Agave.

Ich musste daran denken, wie er mir nach seiner einzigen Reise an die Küste von den Agaven erzählt hatte, die sich an die Felsen klammerten. Kurz bevor sie eingingen, brachten sie an riesigen Stängeln wunderschöne gelbe Blüten hervor. Nun wusste ich, wovon er zu jener Zeit, nach der Rückkehr von seiner Reise an die Küste, geträumt hatte, als er noch an den Sieg der Unseren glaubte:

Getreten suchen wir
Die langsame Metamorphose
Der Hunde.
In ihrem Todeskampf
Werden wir frei sein.

Ich steckte die Kladde wieder ein und blickte auf die Landstraße hinab. In der Ferne sah ich die gerade Linie der Platanen, die sich zwischen den Schonungen in Richtung des kleinen weißen Hauses verlor. Vom Pas dels Frares konnte ich an klaren Tagen sogar das Haus selbst erkennen, doch war ich unendlich weit entfernt. Ich war nun immer auf der anderen Seite. Manchmal gefiel es mir. Doch hatte ich immer Heimweh.

Als der Comissari und Fonoll erwachten, saß ich noch immer da und schaute auf die Ebene. Ich hatte mich nicht von der Stelle gerührt, und sie tadelten mich.

»In den Bergen ist Ruhe wichtiger als Heimweh. Dein Leben hängt davon ab.«

»Ich habe mein Zuhause schon wochenlang nicht mehr gesehen«, rechtfertigte ich mich.

Wir nahmen die Pakete und begannen mit dem Abstieg. Die Sonne ging bereits unter. Die Übergabe klappte wie am Schnürchen. Ein Kleinlaster erwartete uns am Steineichenwald neben dem Haus des Stellwärters. Sollten wir überrascht werden, boten uns die Landstraße, der Wald und die Bahnlinie drei mögliche Fluchtrouten, doch niemand sah uns, und wir konnten uns ohne Zwischenfälle in den Wald zurückziehen. An der Stelle, an der der Weg bergan führte, trennten wir uns, und ich machte mich auf den Weg zum Dorf.

»Wir warten bis zum Morgengrauen in der Senke am Pas dels Frares auf dich. Wenn die Sonne hoch am Himmel steht, will ich längst auf der anderen Seite der Berge sein«, mahnte mich der Comissari, bevor er zwischen den Bäumen verschwand.

Die ganze Nacht lang zog ich wie ein Raubvogel meine

Kreise um das Dorf und versuchte, seine Gerüche aufzunehmen. Später in den Bergen wären sie mir Lebenselixier, wenn mich das Heimweh überfiel. Ich umrundete den Gutshof von Sabater, stellte mir vor, wie Antònio und Tomàs hinter den Fenstern des ersten Stocks in ihren Betten lagen, und verfluchte sie. Dann schlug ich die Landstraße dorfauswärts in Richtung See ein. Hinter Sabaters Gemüsegarten hörte ich ein Geräusch und warf mich zu Boden. Ich robbte vor und sah jemanden in den Furchen graben. Die Wolken rissen auf, und ich erkannte im Mondlicht Siset vom Xapo-Hof, der mit nackten Händen verzweifelt im Boden scharrte.

Ich richtete mich im selben Moment auf, in dem er sich umwandte. In seinem Gesicht stand blanke Angst.

»Keine Panik.«

Siset zitterte am ganzen Körper. Er erkannte mich nicht gleich.

»Lluc? Bist du das, Lluc? Was zur Hölle machst du hier? Du hast mir einen Mordsschrecken eingejagt.«

»Und du, was treibst du hier, in Sabaters Garten? Wenn sie dich erwischen, knallen sie dich ab und behaupten nachher, sie hätten dich für ein Wildschwein gehalten.«

»Dieser Tage setzen sie Kartoffeln, und nachts grabe ich die gekeimten Knollen aus, um sie meiner Mutter zu bringen. Für uns läuft es noch immer schlecht.«

Er sagte es mit diesem Lächeln, das typisch für ihn war, einer Mischung aus abgrundtiefer Traurigkeit und grenzenloser Einfalt.

Ich half ihm dabei, die gekeimten, frisch gesetzten Knollen in Sabaters Garten auszugraben, und begleitete ihn dann bis hinter den Kanal. Unterwegs erzählte er mir, wie der Priester seinen Vater an dem Tag beim Fluchen überrascht hatte, an dem dieser Siset hatte beibringen wollen, die Pflaumenbäume zu stutzen, und wie Ros' Witwe sie tags darauf aus dem Dorf geworfen hatte. Nach diesem Schicksalsschlag hätte dieser Kindskopf Siset dem Teufel seine Seele für ein tägliches Stück Brot verkauft, doch der Teufel war offenbar nicht interessiert an der Seele dieses armen Unglückswurms, dem fortan nichts anderes übrigblieb, als in den Gärten der Gegend auf Diebestour zu gehen.

Vor dem Morgengrauen stieß ich am Pas dels Frares zu den anderen. Den ganzen Tag lang hielten wir uns auf unwegsamen Wildschweinpfaden, um die belebteren und gefährlicheren Wege zu umgehen. Erschöpft machten wir am Abend halt, um auszuruhen. Als es erneut Zeit für den Aufbruch war, hatten meine Begleiter Mühe, mich aufzuwecken. Immerhin hatte ich schon zwei Nächte nacheinander kein Auge zugetan, so sehr hatten mich die Rückkehr ins Dorf und die Enthüllungen des Comissari über Ros und Rossa beschäftigt.

Inzwischen war es sicherer, und wir konnten auf gangbare Wege zurückkehren, weil die Soldaten und Militärpolizisten sich nur im Zuge großangelegter Razzien in die tiefen Schluchten wagten, in denen sie sich angreifbar fühlten. Am Abend erreichten wir das Lager.

»Wenn es dir recht ist, heuere ich dich als Kurier für diese Gegend an«, schlug mir der Comissari vor, als wir das Lager betraten.

Ohne zu zögern, sagte ich zu. Dies war mein erster Transport von geschmuggeltem englischem Penizillin gewesen. Ein kleiner Teil der Arzneimittel landete nach einem Zwischenstopp in Mallorca auf dem Seeweg in Barcelona, aber der Weg des Comissari war schneller und günstiger.

Es war die beste Entscheidung meines Lebens. Zwei Jahre später konnte Fonoll nach Girona zurückkehren, wo er Maria heiratete und sich fortan um die Verteilung des Medikaments im Landesinneren kümmerte. Am Tag seines Aufbruchs kaute er ein letztes Mal auf einer Fenchelblüte, spuckte sie aus und sagte: »Ab heute kannst du mich wieder Sixte nennen.«

Von da an wurde ich zur rechten Hand des Comissari, und als er 1952 an einer Syphilis starb, die er sich in der Jugend eingefangen hatte und die mit einer Heftigkeit wieder aufgeflammt war, gegen die selbst das Penizillin nichts ausrichten konnte, war ich der Einzige, der auf beiden Seiten der Grenze die nötigen Kontakte besaß, und übernahm das Geschäft.

44

Das englische Penizillin landete stets zum vereinbarten Zeitpunkt an der französischen Atlantikküste, wo wir es in Empfang nahmen und mit dem Auto zur Grenze transportierten. Von dort fuhren wir beinahe wöchentlich Lieferungen nach Barcelona und in andere Städte wie Vic und Girona, die uns als Verteilzentren dienten. Im Winter 1956 war das Medikament so populär geworden, dass wir die Zahl der Transporte erhöhen mussten. Wir verdienten uns eine goldene Nase, doch zugleich wurden die Fahrten immer gefährlicher.

Für Ende Februar hatten wir zwei unmittelbar aufeinanderfolgende Lieferungen geplant, da wurden wir von einer polaren Kältewelle erwischt, während der die Temperaturen tagelang unter Null blieben. Die Fußmärsche auf den kaum passierbaren Wegen waren sehr mühsam. Nach dem erfolgreichen Abschluss der zweiten Sendung beschloss ich, im Dorf die Bewegungen der Guardia Civil auszuspionieren und Tante Montserrat einen Brief für Senyora Stendhal zu bringen, die ich schon seit Wochen nicht mehr gesehen hatte. Unterwegs verließ ich meine durchgefrorenen Männer beim Haus des Stellwärters, wo sie freundliche Aufnahme und ein wärmendes Feuer zu finden hofften.

»In drei Stunden hole ich euch hier ab. Werdet nicht unvorsichtig, gelegentlich streifen nachts Polizeipatrouillen über die Gleise«, sagte ich zu den beiden und warf im Gehen einen Blick auf Danis goldene Uhr.

Im Haus des Stellwärters befanden sich der Bahnwärter selbst und Siset Xapo, der regelmäßig in der Gegend umherstreunte, auf der Suche nach Gelegenheitsarbeiten, die es ihm ermöglichten, seine Eltern mit dem Nötigsten zu versorgen. An sein Kommen und Gehen gewöhnt, ließen ihn die Leute oft in einem Eckchen übernachten.

Das behagliche Feuer weckte die Lebensgeister der Männer. Sie scherzten und lachten so laut, dass sie die beiden Polizisten, die über die Gleise kamen, nicht bemerkten. Diese hörten die Stimmen gleichwohl und argwöhnten, im Haus des Stellwärters seien Fremde. Mit den Gewehren im Anschlag rissen sie plötzlich die Tür auf, und meinen Männern blieb keine Zeit, ihre Waffen zu ergreifen.

Die Polizisten nahmen sie fest, wagten aber nicht, sich allein mit den beiden, die ihnen kampferprobte Maquisards zu sein schienen, auf den Weg zu machen, und diskutierten, wer im Dorf Verstärkung holen solle. Siset vom Xapo-Hof fühlte sich in ihrer Gesellschaft nicht wohl und fand, wenn er sich dafür anbiete, sei dies der perfekte Vorwand, um aufzubrechen. Ich sah ihn aus dem Haus kommen und erwartete ihn am Anfang des Steineichenwaldes.

»Verdammt, Siset, arbeitest du jetzt etwa für die Guardia Civil?«, fragte ich, kaum dass ich ihn erkannt hatte.

Er bebte vor Furcht.

»Musst du mir immer solch einen Heidenschreck einjagen?«, stammelte er nervös. »Im Haus des Stellwärters haben sie zwei Männer gefangengenommen, und nun soll ich Verstärkung holen. Die Polizisten machen sich in die Hosen vor Angst. Was soll ich tun?«

»Rühr dich nicht von der Stelle. Sobald ich meine Männer befreit habe, gebe ich dir Instruktionen.«

Die Operation verlief blitzschnell. Mit vorgehaltener Waffe stürmte ich ins Haus des Stellwärters. Meine Männer knieten auf dem Boden, mit dem Rücken zur Tür. Einer der Polizisten zielte auf sie, doch als ich mit einem lauten Schrei hereinkam, ließ er die Waffe fallen. Der zweite stand genau vor mir. Er schoss sofort. Ich spürte ein Brennen im rechten Bein und stürzte zu Boden. Die Kugel hatte den Oberschenkel durchschlagen und blieb im Türrahmen stecken. Erleichtert nahm ich zur Kenntnis, dass mir nicht schlecht wurde. Ich schnappte mir meine Pistole, und schon hatte ich die Situation wieder im Griff.

»Versuch das noch einmal, und du bist ein toter Mann!«, brüllte ich den Polizisten an, der geschossen hatte.

Meine Männer legten mir einen Druckverband an und brachten die Blutung so zum Erliegen. Wir fesselten die Polizisten und den Stellwärter und brachen auf. Auf dem Weg zum Wald hinkte ich, und die anderen mussten mich stützen. So würden wir nicht weit kommen.

Am Treffpunkt konnten wir Siset nicht gleich finden. Er

hatte den Schuss gehört und sich, ein Vaterunser nach dem anderen betend, im Unterholz verborgen.

»Geh zur Kaserne und schlag Alarm, wie sie es dir befohlen haben«, trug ich ihm auf. »Sag, sie hätten zwei vom Maquis festgenommen und bäten um Verstärkung. Dann sieh zu, dass du Land gewinnst, und hol den Arzt. Ich warte an Feixes' Mühle auf ihn.«

Schon vor langer Zeit hatte ich festgestellt, dass sich der junge Xapo recht geschickt anstellte, wenn ihm eine schwierige Aufgabe anvertraut wurde. Er setzte sein einfältiges Grinsen auf und begab sich zur Kaserne der Guardia Civil. Dort sollte es mehr als eine Stunde dauern, bis ihm geöffnet wurde, weil die Militärpolizisten ihm nicht über den Weg trauten und ihm zuriefen, er solle verschwinden. Als er schließlich Alarm schlagen konnte, waren wir längst an der Mühle.

Bis zum Eintreffen des Arztes vergingen vier weitere Stunden. Bei ihm war Siset Xapo, der aus meinem Mund hören wollte, ob er meinen Auftrag richtig ausgeführt habe. Ich gratulierte ihm und begrüßte den Arzt, der wortlos mein Hosenbein zerriss und sich vergewisserte, dass die Blutung gestillt war. Sorgfältig betupfte er die Wunde mit Jod und Thymianwasser.

Anschließend akzeptierte er ein Glas Wein und ließ sich auf die Küchenbank sinken. Ich setzte mich auf einen Stuhl. Er musterte mich von Kopf bis Fuß. So niedergeschlagen hatte ich ihn noch nie gesehen.

»Glaubst du, dass ihr eines Tages gewinnen könnt?«, fragte er.

»Nein, das ist aussichtslos.«

»Warum machst du dann weiter?«

»Vermutlich aus Stolz. Und vielleicht auch für den Großvater und für Dani.«

Er stand auf, und wir schüttelten uns die Hand.

»Pass auf dich auf.«

An der Tür wandte er sich noch einmal um.

»Soll ich deiner Mutter etwas ausrichten?«

Er war der Einzige im Dorf, der Senyora Stendhal als meine Mutter bezeichnete. Ich freute mich darüber.

»Sehen Sie sie?«

»Gelegentlich, wenn ich in die Stadt fahre.«

»Sie soll sich keine Sorgen machen, es ist bald vorbei. Niemand wird uns zu Hilfe kommen, und es hat keinen Sinn mehr, weiterzumachen. Ich schreibe ihr, sobald ich in Frankreich eine feste Adresse habe.«

»In Frankreich?«

»Ja, bei dem ständigen Hin und Her habe ich gute Kontakte geknüpft und da drüben das eine oder andere Geschäft ins Rollen gebracht. Das Penizillin hat mir die Türen geöffnet und die nötigen Mittel verschafft. In Frankreich bin ich ein angesehener Geschäftsmann.«

»Also ist es wahr?«

»Was?«, fragte ich, auch wenn ich genau wusste, worauf er anspielte.

»Dass du Penizillin schmuggelst.«

»Natürlich.« Ich schaute ihn an und grinste. »Das geht alles durch unsere Hände. Ich habe Ihnen vorhin nicht die ganze Wahrheit gesagt. Vermutlich bin ich auch wegen des Penizillinschmuggels so lange dabeigeblieben.«

»Meine Patienten können das bisschen Penizillin nicht bezahlen, das in Spanien hergestellt wird. Und wie sie an die Schmuggelware herankommen sollen, wissen sie nicht.«

»Kein Mensch sollte wegen fehlender Medikamente sterben müssen. Diese Faschisten müssten die Tore öffnen und Importe zulassen. Meine französischen Geschäftspartner bemühen sich schon seit geraumer Zeit um eine Lizenz, um in Barcelona ein Labor eröffnen zu können, aber es ist aussichtslos. Wir stecken gerade mitten in den Vorbereitungen, um in Montpellier mit der Produktion zu beginnen.«

»In Montpellier? Da hat mein Sohn Medizin studiert. Im letzten Jahr ist er fertig geworden.«

Ich lachte laut auf. Befremdet schaute mich der Doktor an.

»Ihr Sohn und ich sehen uns in Frankreich häufig. Hat er es Ihnen nie erzählt? Er muss befürchten, dass Sie mich für einen schlechten Umgang halten.«

Ich lachte erneut, und der Doktor wandte sich mit verwirrter Miene zur Tür.

In der ersten Nacht verbarg ich mich im Stall bei den Tieren. Am nächsten Tag brachte mich Feixes in ein Versteck auf dem Heuboden, wo sein Sohn sich um mich kümmern konnte, denn Ton hatte seit dem Krieg nicht einen Fuß mehr in den Stall gesetzt, seit dem Tag, an dem die Soldaten seinen älteren Bruder getötet und sich auf seine Schwester gestürzt hatten, dem Tag, an dem sich seine Mutter, wahnsinnig vor Kummer, an einem Balken erhängt hatte. Seit diesem Tag hatte der Sohn des Müllers kein Wort mehr gesprochen. Wenn Ton auf den Heuboden kam, redete ich zwar mit ihm, doch er antwortete nicht. Wir waren ein merkwürdiges Gespann, aber es war allemal besser als die Einsamkeit in den Bergen.

Acht Tage später kam der Arzt zurück. Er vergewisserte sich, dass die Thymianumschläge die Wunde sauber hielten, und als er sah, wie gut mir die Täubchensuppe bekam, die mir die Müllersleute zubereitet hatten, erklärte er seine Visite für beendet. Er wollte sich nicht zu lange aufhalten, denn die Soldaten, die in diesen Tagen auf Überraschungspatrouillen gingen, sollten ihn nicht so weit vom Dorf entfernt antreffen.

»Als ich zu Hause aufgebrochen bin, habe ich gesehen, wie Fremde das Rathaus betraten«, erklärte er. »Der hochgewachsene Mann im Trenchcoat und dieser verdammte Kerl mit dem Glasauge waren dabei. Sabater traf zusammen mit seinem Verwalter und seinem Ältesten ein, Tomàs, der sich vor dem Gang ins Rathaus auf dem Platz mit eurem früheren Freund unterhalten hat, dem mit der Glatze. Ich habe einen dringenden Krankenbesuch bei der Familie Isern vorgeschoben, deren schwangere Tochter kurz vor der Niederkunft steht. Sollte es eine Razzia geben und die Militärpolizei in der Gegend ausschwärmen, wäre es besser, wenn sie mich bei der werdenden Mutter antreffen.«

Er stand auf und ging zur Tür. Doch bevor er sich verabschieden konnte, hielt ich ihn zurück. Ich stieg auf den Heuboden und holte ein Päckchen herunter.

»Das sind dreißig Ampullen Penizillin. Geben Sie mir Bescheid, wenn sie leer sind. Aber zeigen Sie sie nicht herum, sonst wissen die, dass wir uns gesehen haben.«

»Vergelt's Gott«, dankte er sichtlich gerührt.

»Eigentlich hatte ich vor, Sie selbst zu bitten, es mir zu vergelten. Wenngleich ein wenig anders«, sagte ich zu seiner Verblüffung, als er sich zum Gehen wandte.

Ich kramte einen Zettel aus der Tasche, auf dem eine Adresse stand. Zusammen mit einer kleinen Schachtel mit zwei weiteren Penizillinampullen drückte ich ihn dem Arzt in die Hand.

»Die sind für einen kleinen Jungen mit Diphtherie. Wenn er nicht rechtzeitig eine Injektion bekommt, muss er sterben.«

Am nächsten Tag fuhr der Arzt in die Stadt und klingelte an einer Wohnung in der Carrer del Carme. Als die Tür geöffnet wurde, versteinerte er. Der Mann auf der Schwelle schaute ihn neugierig an. Als der Arzt in ihm den Sergeant der Guardia Civil im Dorf erkannte, dachte er, sein letztes Stündlein sei gekommen. Am liebsten wäre er sogleich die Treppe hinabgestürmt, doch seine Beine gehorchten ihm nicht.

»Ich ... Ich habe mich wohl in der Tür geirrt ...«, stammelte er.

Der Polizist war nicht minder verblüfft, doch er reagierte rasch.

»Vielleicht handelt es sich doch nicht um eine Verwechslung. Vielleicht haben Sie uns ja etwas mitgebracht ...«

Einen Augenblick später betrat der Arzt das Zimmer, in dem der kranke Sohn des Sergeanten lag. Schweigend standen sie am Fuß des Bettes. Der Kleine musste etwa sechs oder sieben Jahre alt sein. Er hustete rau, als steckte etwas in seiner Kehle, das ihn am Atmen hinderte, und begann verzweifelt zu weinen. Als der Doktor sah, dass sich die Atmung dadurch noch verschlechterte, fand er die Diagnose bestätigt, aber er wollte den Kranken trotzdem noch ausgiebig untersuchen, was sich eine Weile hinzog. Sobald der Junge ruhiger wurde, gab er ihm die Injektion. Bevor er vom Bettrand aufstand, strich er dem Kleinen noch einmal lächelnd über den Kopf. Dann widmete er der Mutter ein paar aufmunternde Worte und ging mit entschiedenen Schritten zur Tür.

»Wir haben uns nicht gesehen, Doktor«, schärfte ihm der Sergeant zum Abschied ein. Dann fügte er erklärend hinzu: »Sie sehen ja, in seiner Verzweiflung schließt sich ein verängstigter Vater den sonderbarsten Reisegefährten an.«

Auf der Straße konnte sich der Arzt vor Lachen nicht halten, die nervliche Anspannung der letzten vierundzwanzig Stunden brach sich Bahn. Als er sich jedoch der erstaunten Blicke der Passanten bewusst wurde, schluckte er, straffte die Schultern und kehrte eilenden Schrittes zum Bahnhof zurück.

Sobald der Doktor fort war, verließ ich überstürzt die Mühle. Sollte es eine Durchsuchung geben, wollte ich nicht in meinem Versteck auf dem Heuboden festsitzen. Bei Tagesanbruch war ich bereits am Pas dels Frares. Von dort konnte ich das schlafende Dorf zu Füßen der Berge liegen sehen. Sicher war der Arzt um diese Zeit längst zu Hause und grübelte über die Schrecken dieser geschäftigen Nacht. Ich sah ihn buchstäblich vor mir, wie er in seinem mollig warmen Wohnzimmer im Ohrensessel saß, hinter sich die gläserne Schneekugel zwischen den Büchern der Bibliothek.

Fest entschlossen, keine weitere Pause einzulegen, wanderte ich den ganzen Tag hindurch, bis ich am Spätnachmittag in den Felswänden eine sichere Höhle fand, weitab der üblichen Pfade der Militärpolizisten. Erschöpft ließ ich mich auf ein Lager aus trockenem Laub fallen. In diesem Moment begann es draußen zu schneien.

In der Nacht verfolgte mich ein Albtraum. Die Soldaten waren mir auf den Fersen, indem sie einfach den Spuren folgten, die ich im Schnee hinterließ. Um meinen Verfolgern zu entwischen, hangelte ich mich an unwegsamen Felswänden entlang, hastete durch Klammen, Schluchten und Kanäle und erklomm schließlich die Gipfel der höchsten Berge, immer höher hinauf, bis ich gewahr wurde, dass der Himmel aus Glas war und ich nicht weitersteigen konnte. Ich rief nach meinen Männern und ließ sie in einer Kolonne von Berg zu Berg ziehen, aber am Ende stießen wir jedes Mal an den Glashimmel und mussten von neuem beginnen. Wir waren in einer Kugel gefangen. Es gab keinen Ausweg. Ich sah, wie die Sabaters, Vater und Sohn, auf der anderen Seite des Glases ihren Schergen Befehle gaben und über uns lachten. Auch der Mann mit dem Trenchcoat und der Einäugige mit dem Glasauge waren da, an der Spitze eines Regiments der Guardia Civil. Mir war, als sähe ich Raquel. Sie war es, die die Kugel umdrehte und es auf uns schneien ließ. Und der glatzköpfige Bombeta lag mit der Flinte auf der Lauer, um uns umzulegen, sollte es uns gelingen, aus der gläsernen Falle zu entkommen.

Nassgeschwitzt erwachte ich in der Höhle. Draußen schneite es nicht mehr. Es musste bereits nach zehn sein, denn die Wintersonne stand schon über den Bergen. Der kniehohe Schnee hatte das Buschwerk unter sich begraben. Ich setzte mich erneut in Bewegung, und diesmal rastete ich erst, als ich auf der anderen Seite der Grenze in Sicherheit war.

Vierter Teil

1965
Die Rückkehr ins Dorf

45

Der Notar und der Anwalt erwarteten uns an der Tür des Landhauses. Ich gab ihnen die Hand, schenkte jedoch dem Verwalter der Ros keine Beachtung. Dieser Mann hatte die Xapos von ihrem Hof verjagt, und ich wollte ihn gleich wissen lassen, dass er sich künftig eine andere Anstellung würde suchen müssen. Wir gingen unverzüglich in den Wohnraum. Dort hing noch der Geruch des kürzlichen Todesfalls in der Luft, und ich gab dem Notar zu verstehen, dass wir ohne lange Vorreden zur Sache kommen sollten. Auch er fühlte sich offenkundig unbehaglich und schritt zur Tat. Er las einen Brief der Witwe Ros vor, die Gott um Vergebung anflehte, in den letzten zweiundzwanzig Jahren das beiliegende Testament ihres Gatten versteckt zu haben. Auch uns bat sie um Verzeihung: »Nach dem Mord an meinem Ehemann erschien mir striktes Stillschweigen als bester Trost für den Schmerz. Nun bin auch ich dem Tode nahe, und mich plagen Gewissensbisse.«

Anschließend verlas der Notar in einem Zug Ros' Testament: Dessen Haus im Dorf, die Wohnungen in der Stadt und die Aktien verschiedener in- und ausländischer Unternehmen waren für die Ehefrau bestimmt und würden nun an ihre Erben übergehen. Das Haus an der Platanenallee vermachte er Senyora Stendhal, die mit glasigen Augen, ohne jedoch mit der Wimper zu zucken, zuhörte. Sie saß kerzengerade auf ihrem Stuhl, die Hände im Schoß gefaltet. Die übrigen Ländereien, die Schonungen, Wälder und Bauernhäuser, darunter der Ros- und der Xapo-Hof, sollten mir gehören.

»Von heute an bist du der größte Grundbesitzer im Dorf«, verkündete der Notar, während er die Papiere sorgsam faltete und uns eine Kopie aushändigte.

Schweigend nahm ich das Testament entgegen und steckte es in eine Aktenmappe, die er mir reichte. Der Anwalt warf dem Notar einen Blick zu. Er wirkte beunruhigt. Schließlich platzte er heraus: »Darf ich fragen, ob es stimmt, dass ihr euch im Dorf niederlassen wollt?«

»Ja. Wir haben uns überlegt, das Haus an der Landstraße herzurichten.«

»Ihr zieht nicht ins Herrenhaus der Ros? Dazu gehört das beste Gehöft der ganzen Gegend ... Sollte es am Geld für die Renovierungsarbeiten hapern, wird dir jetzt sicher jeder gern etwas leihen. So viel du willst. Wie der Notar schon zutreffend bemerkt hat: Du bist von heute an Großgrundbesitzer. Nach den Ribot sicher der reichste Mann im Ort.«

»An Geld hapert es gewiss nicht«, erwiderte ich gereizt. »Mit dem, was ich in den letzten zwanzig Jahren verdient habe, könnte ich das gesamte Dorf kaufen.«

Sofort bereute ich meine Äußerung, aber weder den Anwalt noch den Notar schien sie zu stören.

»Dann ist es also wahr, was geredet wird?«

»Was wird denn geredet?«

»Dass ihr in Frankreich zu Reichtum gekommen seid, du und der Sohn des Arztes.«

»Er besaß das Talent und ich die Kontakte beiderseits der Grenze. Beim Handel mit pharmazeutischen Produkten kann man an einem Tag mehr verdienen als mit dem Holz der Pappeln in einem ganzen Jahr.«

Der anmaßende Ton meiner Worte tat mir leid, aber ich hatte meine Zunge nicht im Zaum halten können. Ich stand auf, reichte dem Notar die Hand und wandte mich an den Anwalt, um ihm die ersten Instruktionen zu erteilen.

»Ich will, dass die Leute, die in den letzten Jahren den Xapo-Hof bewirtschaftet haben, verschwinden und dass die Xapos wieder als Pächter eingesetzt werden. Sollten Siset und seine alten Eltern allein nicht zurande kommen, stellen Sie einen Knecht ein, der ihnen zur Hand gehen kann. Außerdem will ich, dass die Schonungen des ganzen Dorfes mit dem mir zustehenden Anteil aus dem Kanal bewässert werden können. In der Zwischenzeit gehen Sie in meinem Namen mit dem Verwalter die Konten durch, ich ziehe es vor, nicht mit ihm sprechen zu müssen. Ich werde mich an Sie halten, bis Sie mir einen neuen vorschlagen. Können Sie sich um alles kümmern?«

Vor dem Haus wartete Tante Montserrat auf Senyora Stendhal. Als ich dem Anwalt und dem Notar die Hand gab, kam der Verwalter der Ros auf mich zu, doch ich wies ihm die kalte Schulter. Im Norden schaute eine Gewitterwolke hinter den Bergen hervor, doch das Licht der untergehenden Sonne fiel leuchtend auf die Pappelwäldchen. Der Nachmittag war herrlich mild, und so schlug ich den Weg zum See ein.

46

Auf der Platanenallee, ein Stück oberhalb der Abzweigung zum Dorf, stieß ich auf Raquel. Sie lehnte an der Einmündung des von Mohnblumen gesäumten Weges an einem Nussbaum. Ihr rotes Haar trug sie zu einem eleganten Zopf geflochten, der genauso prächtig war wie die beiden Zöpfe, die sie als junges Mädchen getragen hatte.

»Du meine Güte! Ich habe schon gehört, dass aus dir ein gut aussehender Herr geworden bist.« Lachend kam sie mir entgegen.

»Du dagegen hast dich kein Stück verändert. Du bist immer noch so strahlend schön wie an dem Tag, an dem du mit Dani Mohnknospen zum Platzen gebracht hast.«

An demselben Tag hatte sie mir einen Kuss auf die Wange gedrückt, aber es war mir peinlich, ihr zu gestehen, dass ich mich daran noch nach so vielen Jahren erinnerte. Sie schloss die Augen, und mir war, als versuchte auch sie sich diesen letzten Nachmittag noch einmal ins Gedächtnis zu rufen, an dem wir drei zusammen schwimmen gegangen waren. Sie ergriff meine Hand und zog mich auf den Weg, der zum See führte. Dort setzten wir uns ans Ufer unter die mächtige Eiche und ließen unsere Füße über dem Wasser baumeln.

»Macht es dir nichts aus, dass uns jemand auf dem Weg zur Schonung hätte sehen können?«, fragte ich sie.

»Im Dorf wissen alle schon seit Langem, dass Sabater und ich in getrennten Betten schlafen. Er wollte eine Jagdtrophäe, und ich brauchte seine Stellung. Ich will nicht darüber reden.«

Ich sah die Wolken, die sich auf unserer Seite des Pas dels Frares die Bergflanke herabwälzten, doch in der Ebene war die Luft klar, und der Nachmittag war noch immer hell und freundlich. Die Wälder am Hang leuchteten in einem satten Grün. Ich musste an den Tag denken, an dem es gebrannt hatte. Beim Anblick dieser stattlichen Steineichen hätte es niemand für möglich gehalten, dass seither erst fünfzehn Jahre vergangen waren.

»Heute Nachmittag ist es genauso hell und klar wie am Tag des Brandes«, sagte ich, um zu sehen, wie sie reagierte. »Von oben boten die Flammen einen herrlichen Anblick.«

»Du hast es gesehen?«

»Ich konnte mir doch nicht mein eigenes Schauspiel entgehen lassen.«

»Ich kann dir nicht folgen.«

»Was denkst denn du, wer das Feuer gelegt hat?«

»Anfangs war ich oft in der Nähe des Dorfes«, erinnerte ich mich. »Es war wie ein Magnet, ich konnte nicht anders. Mir war nicht wohl dabei, mich wie ein Tier in den Bergen zu verstecken. Ich stieg im Morgengrauen herab, wenn die Militärpolizei noch nicht auf Streife war, oder am frühen Abend, wenn die Sonne unterging und ich mich ohne die Gefahr unliebsamer Begegnungen frei bewegen konnte. Aus der Ferne beobachtete ich, wie in den Häusern die Lichter angingen und wieder erloschen. Ich sah, wie Fenster aufgestoßen und geschlossen wurden, und hörte die lauten Stimmen in den Ställen, wenn es Zeit zum Melken war. Manchmal musste ich lachen, wenn ich von Weitem zusah, wie die Männer nach Hause rannten, um sich vor dem Regen in Sicherheit zu bringen, und doch pitschnass wurden, bevor sie dort ankamen, oder welche waghalsigen Manöver sich die Jungen aus dem Ort einfallen ließen, um den Bauern, die ihnen Steine nachwarfen, vor deren Nase das Obst zu stehlen. Damals war das Dorf mein Theater, und ich war wie ein Regisseur aus der Ferne. In den Bergen oben war ich unsichtbar und hätte der Herr über alles sein können, was vor sich ging. Als Letztes ging ich gewöhnlich an den See, um in den Erinnerungen an die Nachmittage zu schwelgen, an denen du dort mit Dani geturtelt hast. Hin und wieder ging ich zum Haus an der Landstraße. Eines Abends pflückten nach Einbruch der Dunkelheit Jungen im Garten des Großvaters Kirschen, und als sie fort waren, holte auch ich mir welche und nahm sie mit in die Berge. Aber der Anblick des verlassenen Hauses tat mir in der Seele weh. Seit diesem Tag war ich nicht mehr dort. Die Abstände zwischen meinen Besuchen in der Ebene wurden immer länger. Allmählich erschienen mir die Jahre, in denen ich im Dorf gewohnt hatte, wie ein unerreichbares Trugbild, und irgendwann stellte ich meine Streifzüge ein. Ich kam nur noch aus den Bergen herab, wenn wir uns auf einen Überfall vorbereiten mussten. Zweimal plünderte ich das Gehöft der Ros, weil unsere Vorräte knapp wurden. Es war perfekt geeignet, da man blitzschnell eindringen und sich wieder in den Wald absetzen konnte. Verstehst du? Noch vor wenigen Jahren habe ich den Hof geplündert, und jetzt gehört er mir! Bei einem dieser Überfälle erfuhr ich, dass ihr heiraten würdet. Da kam mir der Gedanke, dass das Fest eine gute Gelegenheit sei, um mit den Sabaters abzurechnen und dich für deinen Verrat zu bestrafen.«

Meine Worte behagten ihr nicht, doch da sie schwieg, fuhr ich mit meinem Bericht über den Brand fort, als späte Rache.

»Ich war mit ein paar Männern zum Pas dels Frares gegangen. Das Gut der Sabaters lag zu unseren Füßen, es war zum Greifen nah. Nach drei Tagen Tramuntana war die Luft so rein, dass das Tal viel näher schien. Es gab keine Entfernungen. Ich trennte mich von den anderen und ging in den Steineichenwald hinter dem Haus. Aus meinem Versteck konnte ich zusehen, wie die Frauen Hühner rupften und Kaninchen häuteten und sie anschließend mit Tomaten, Möhren und ganzen Knoblauchknollen in große, mit Schweineschmalz eingeriebene Töpfe gaben, wie ich es Senyora Stendhal einmal in der Küche der Ribot hatte tun sehen. Ein paar Männer schleppten Tische in das Wohnzimmer im Obergeschoss, und andere füllten Wein aus Fässern in Schnabelkrüge und Flaschen, die bei Tisch gereicht werden sollten. In der Mittagszeit kam das Gefolge aus der Kirche, und ich sah dich aus dem schwarzen Auto steigen. Sabaters Verwalter saß am Steuer, und du hinten, mit Tomàs und deinem Vater. Du sahst bezaubernd aus, so ganz in Weiß, und ich schlüpfte hinter den großen Heuschober, um euch beobachten zu können. Sabater Senior erwartete euch gut gelaunt auf dem Hof. Da verfluchte ich euch und beschloss, Feuer zu legen.«

Raquel reagierte nicht, und ich konnte nicht erahnen, was in ihr vorging. Sie schaute nach unten, auf das Wasser des Sees, doch ihre Miene war regungslos.

»Ich zündete die Heuschober an und verteilte brennendes Stroh in den Schuppen, in denen Sabaters Leute Kanister mit Kraftstoff für die Motoren und Maschinen aufbewahrten. Als ich mich hinausschlich, stand der Sohn des Verwalters draußen und pinkelte an einen Baum. Fast hätte er mich entdeckt, doch ich rannte rechtzeitig zum Eichenwald. Bei den ersten Alarmrufen schlug ich mich bereits in die Büsche. Ich folgte von weitem dem Verlauf des Kanals bis zum anderen Ende von Sabaters Ländereien, durchquerte den Wald und kam bei den Pappelschonungen und Maisfeldern wieder heraus. Der August war trocken gewesen, und selbst das Wasser des Kanals hatte nicht verhindern können, dass sich die Pappeln vorzeitig gelb färbten. Ich legte bei den Bäumen Feuer und zündete auch den Mais an, der sofort lichterloh in Flammen aufging. Dann lief ich ohne unterwegs stehenzubleiben zum Pas dels Frares hinauf. Ich suchte mir zwischen den Felswänden einen guten Aussichtspunkt und machte es mir bequem, um mein Werk zu betrachten. Von oben war es ein unbeschreibliches Bild. Die Flammen verzehrten die Schuppen, und ich sah, wie sie auf einen Flügel des Hauses übergriffen. Die lodernd in Brand stehenden Maisfelder und Pappelwäldchen säumten hell den Kanal. Hin und wieder stoben Funken in die Luft, und es sah aus, als wollten die Feuerzungen höher hinaufschlagen als die Berge. Rauch breitete sich in der ganzen Ebene aus, und der Brandgeruch stieg bis zu meinem Versteck zwischen den Felsen empor. Ich malte mir aus, wie elend du dich dort unten fühlen musstest, inmitten von schreienden Männern und Frauen, die sich verzweifelt bemühten, das Feuer zu löschen. Selbst nachdem die Sonne hinter den Bergen verschwunden war, blieb das Tal taghell erleuchtet, heller noch als am strahlendsten Tag des Jahres. Und ich fühlte inneren Frieden.«

»Du irrst dich, für mich war dieses Feuer ein Geschenk. Es hat mir das Fest erspart, und am nächsten Tag sind wir in die Stadt gezogen, fern vom Dorf und den quälenden Erinnerungen.«

Sie hatte es selbst gesagt: Im Dorf wussten alle, dass sie als Ehefrau dazu diente, ausgestellt zu werden wie eine Jagdtrophäe. Aber das war keine Entschuldigung, ich konnte ihr nicht vergeben. Ich blickte sie an und bemerkte, dass ihr schweißnasses Kleid an ihren Brüsten klebte, wie an jenem letzten Tag, an dem sie mit Dani schwimmen gegangen war. Ich schob meine Hand unter das Oberteil, ließ sie bis zur Brust hinauf gleiten und biss Raquel in die Lippen. Wir ließen uns nach hinten sinken, aufs Ufer, und ich packte sie und zog sie auf mich. Dann wälzten wir uns herum und vergaßen, was gewesen war.

Der Nachmittag verging wie im Flug. Wir schauten uns an, küssten uns und fielen erneut übereinander her. Aber wir sprachen kein Wort.

Als die Sonne hinter den Bergen verschwand, streckte ich meinen Arm aus und half ihr beim Aufstehen.

»Es ist spät geworden. Schläfst du im Gutshaus oder fährst du zurück in die Stadt?«, fragte ich.

»Es kommt darauf an …«, setzte sie an. Doch dann verstummte sie.

Auf dem ganzen Weg blieben wir still. Sie pflückte eine Mohnknospe und ließ sie platzen. Aus dem Augenwinkel sah ich, wie sich eine Blüte öffnete, leuchtendrot wie das Blut, das jahrelang in dieser herrlichen Ebene vergossen worden war, in der Hass und Neid die Menschen hatte boshaft werden lassen.

Mir kam eins von Danis Gedichten in den Sinn, die ich auswendig kannte. Vermutlich hatte er es an jenem letzten Tag geschrieben, nach der Rückkehr vom See.

Blütenblatt für Blütenblatt sammle ich ein,
zerbrochen die Ketten und trunken
von den neuen Farben, die ich suche.
Gelb, Rot und Mauve sieht mein Blick,
Und ich weiß, dass du mich liebst.

Die Erinnerung an Dani schmerzte. Ich dachte an ein zweites Gedicht, das mir auch sehr gefiel, möglicherweise ebenfalls Frucht dieses letzten Tages:

Jeden Sonntag zur rechten Zeit
Küsse ich deinen Leib.

Ich ging schneller. Am Ende des Weges, bei Sabaters Feldern, blieben wir stehen. Wir küssten uns, doch Raquel spürte die Eiseskälte meiner Lippen und sah mich betroffen an.

»Und was jetzt?«, fragte sie mit erstickter Stimme.

Aber da hatte ich mich bereits grußlos abgewandt und den Weg zu den Pappelwäldchen eingeschlagen. Ich schaute mich nicht um. Ich konnte ihr nicht vergeben, doch ich hatte ihre tränenfeuchten Augen und den in der Abendsonne rot schimmernden Zopf gesehen und wusste, würde ich sie noch einmal ansehen, könnte ich mich nicht mehr von ihr losreißen.

47

Die Wolkenwand hatte sich über die Felswände des Pas dels Frares am Eingang zum Tal geschoben und verbarg den Mond. Die Nacht war stockfinster. Im Inneren des Hauses vernahm ich ein Geräusch. An der Eingangstür flammte das Licht auf. Eine schlanke Gestalt kam die Treppe herab, trat ins Freie und legte etwas in den Kofferraum des Autos. Sie ging wieder hinein, und als sie sich auf die Zehenspitzen stellte, um nach der Flinte zu langen, glänzte der Glatzkopf, und ich wusste, dass dies der Mann war, den ich suchte.

Ich hatte mich hinter der Scheune am anderen Ende des Dreschplatzes versteckt. An die Schuppenwand gelehnt sah ich zu, wie er ein paar Mal ein- und ausging. Er trug die Saufedern für die Wildschweintreibjagd, über die ich den Notar und den Anwalt hatte reden hören. Eingehend ließ ich meine Blicke über die Szene schweifen, während ich, um meine Hände zu beschäftigen, mit kräftigen, aber bedächtig nach oben geführten Bewegungen des Messers an einem Stock schnitzte. Sobald er spitz zulief, nahm ich ihn in die rechte Hand und schleuderte ihn schwungvoll wie eine Lanze. Er landete neben den Rosenbüschen am Eingang, genau vor den Füßen des Mannes, der das Auto belud. Mit einem erschreckten Aufschrei machte Bombeta einen Satz nach hinten.

»Wer ist da?«

Mit unsicheren Schritten zog er sich zur Tür zurück und rief noch einmal: »Wer ist da? Was wollen Sie?«

Ich ließ ihn eine Weile zappeln. Doch dann trat ich aus meinem Versteck, machte einige Schritte in die Mitte des Dreschplatzes und zeigte mich.

»Ein Gespenst, das von weither kommt, um abzurechnen.«

Er hob seine Flinte und neigte den Glatzkopf zur Seite, um zum Zielen das spärliche Licht auszunutzen, das bis auf den Dreschplatz fiel. Meine Gestalt konnte er gewiss erahnen, aber mein Gesicht sah er nicht.

»Lluc?«, fragte er. Ich sah, wie er die Flinte noch fester umklammerte.

Ich ließ ihn im Unklaren, machte noch einen Schritt nach vorn, doch so, dass ich nicht meine Deckung preisgab.

»Ich sehe, du bist ein gemachter Mann«, sagte ich endlich. »Du hast für diesen jahrelangen Verrat ordentlich abkassiert. Schon als Sabaters Sohn dich zum Verwalter gemacht und in seinem Landhaus untergebracht hat, war klar, dass du dich nicht für Kleingeld verkauft hast.«

Bombeta ging rückwärts zur Tür, um mir nicht den Rücken zuzudrehen. In der einen Hand hielt er die Waffe und zielte in den Schatten, mit der anderen tastete er in den Hausflur und löschte das Außenlicht. Nun sah er mich in der Mitte des Dreschplatzes stehen, das Messer in der Hand.

Ich schnitzte an einem neuen Stock, um meine Hände zu beschäftigen. Kaum wurde er gewahr, dass ich keine Schusswaffe dabei hatte, seufzte er erleichtert auf.

»Du willst dir doch keine Schwierigkeiten einhandeln, jetzt, da du Großgrundbesitzer bist?«

»Ich will nur Gerechtigkeit.«

Nervös wich er ein paar Schritte zurück.

»Gerechtigkeit? Die hat es hier noch nie gegeben. Hier geht es bloß ums nackte Überleben. Gerechtigkeit macht sich jeder nach seiner Fasson.«

»Eben. Ich bin hier, um in meinem und Danis Namen für Gerechtigkeit zu sorgen.«

»Dani war ein armer Junge, der nur Flausen im Kopf hatte. Er hat nie verstanden, dass wir den Krieg verloren hatten und ein neues Spiel spielten: Es ging längst nicht mehr darum, wer recht hatte, sondern darum, für uns selbst das Beste herauszuholen.«

Bombeta war lauter geworden, als verteidigte er sich vor einem Tribunal.

»Wir mussten Stärke zeigen, und er war weich geworden«, fuhr er fort. »An dem Tag, an dem wir Ros aufs Korn nahmen, zögerte er. Ich dachte, er würde ihn entkommen lassen, und schrie ihn an: ›Sei kein Feigling, Dani, schieß! Tu es für deinen Großvater Dídac und für Stendhal!‹ Das ganze Dorf sollte wissen, dass wir zu allem bereit waren, dass sie sich vor uns in Acht nehmen sollten ...«

Bombeta redete und redete, um Zeit zu schinden. Mein Verstand arbeitete derweil auf Hochtouren. War es gerecht, was ich tun wollte? War ich nicht im Begriff, mich auf sein Niveau herabzulassen? Was würde der Großvater dazu sagen?

»... wir brauchten eine Exekution, die Aufsehen erregen würde, und was war besser, als Ros zu töten?«, fragte er. »Der alte Forstbesitzer war genauso ein Drecksack wie die anderen, nur noch reicher und launischer. Im Krieg hielt sich das Schwein an der Plaça de Sant Pere eine Hure, auf die ich selbst ein Auge geworfen hatte.«

Bombetas Worte lösten in einem Winkel meines Verstandes eine verborgene Feder aus. Ich spannte den Körper an und ließ den Arm erbost nach vorn schnellen. Das Messer traf ihn am Hals, unterhalb des Ohrs. Bombeta verzog überrascht das Gesicht und taumelte mit einem erstickten Schrei einen Schritt nach hinten, nur mühsam das Gleichgewicht bewahrend. Bei der Bewegung fiel das Messer zu Boden. Die Flinte glitt ihm aus den Händen. Er hob seine Finger an den Hals, spürte das warme, klebrige Blut, und in seinem Gesicht zeigte sich Panik. Das Messer hatte die Halsschlagader durchtrennt, und er begriff, dass er verbluten würde. Mit einem Mal knickten ihm die Beine weg, und er fiel der Länge nach zu Boden.

Ich trat zu ihm. Sein Mund und seine Augen standen offen. Eine Lache dickflüssigen, dunklen Blutes breitete sich auf den Fliesen aus. Sein Hemd war blutdurchtränkt. Ich schauderte. Seit wann war ich so blutdurstig? War das nicht genau der Irrsinn, den wir all die Jahre bekämpft hatten? War ich geworden wie die anderen? Gegner in den Bergen zu töten war das eine, doch es war etwas anderes, einen miesen Hund wie Bombeta kaltblütig umzulegen.

In diesem Moment schlugen die Kirchenglocken am anderen Ende des Dorfes sieben Uhr. Ich spuckte aus und holte aus der Jackentasche einen in ein Taschentuch gewickelten Gegenstand. Als ich die vier Ecken zur Seite schlug, glitzerte eine versilberte Figur im spärlichen Licht des Dreschbodens. Ich warf sie neben den Leichnam. Der kopflose Jaguar von Danis Auto landete auf den Füßen, zum Sprung bereit, dicht neben dem Glatzkopf und den weit aufgerissenen Augen des Verräters. Da wusste ich, Bombeta würde in der Ewigkeit keine Ruhe finden. Ich fühlte mich gut.

48

Ich umrundete das Dorf hinter dem Wasserkraftwerk und ging den Kanal entlang in Richtung Waschplatz. Die Nacht war pechschwarz, aber ich hätte den Weg auch im Schlaf gefunden. Bald schon erreichte ich den Pfad, der zum Xapo-Hof führte. Ich ließ die Maisfelder hinter mir, durchquerte die Schonung des Großvaters, in der Senyora Stendhal neue Pappeln gepflanzt hatte, und trat auf die Landstraße hinaus. Am Ende der langen Platanenreihe, jenseits des Sees, lagen die Eichenwälder, die mir so viele Jahre lang als Heimat gedient hatten, eine dichte schwarze Masse, die förmlich dazu einlud, in ihr unterzutauchen.

Mit einem Mal rissen die Wolken auf, und der Vollmond tauchte die Landstraße in helles Licht. In der Hitze hatten die Platanen und die Pappeln in den Schonungen ihre Blätter verloren. Ich kehrte den Bergen den Rücken zu und sah, dass im Haus Licht schien. Zwar hantierte Senyora Stendhal sicher in der Küche, aber sie hatte die Lampe am Eingang brennen lassen, um den Kiesweg auszuleuchten. Die Nacht war noch immer mild, und es herrschte eine so tiefe Stille, als wäre das Leben zum Stillstand gekommen. Unter den hohen Bäumen beiderseits der Landstraße hatte das trockene Laub einen Teppich gebildet. Ich atmete tief durch, fest entschlossen, weiterzugehen. Ich war wieder auf der richtigen Seite der Linie und verspürte den tiefen Wunsch, dort zu bleiben. In diesem Bewusstsein schritt ich schneller aus.

Senyora Stendhal war in der Küche. Sie hatte saubergemacht und die Fenster aufgerissen, um Luft hereinzulassen. Ich ließ mich auf die Küchenbank sinken, und der Anblick des Holztischs weckte in mir die Sehnsucht nach den Tagen, an denen sie beim Kochen meine Hausaufgaben korrigiert hatte. Seit ich an diesem Morgen in aller Frühe ins Dorf gekommen war, fühlte ich mich erstmals erschöpft. Nach zwanzig Jahren war ich zum ersten Mal bei Tageslicht zurückgekehrt, ohne mich verstecken zu müssen. Senyora Stendhal musste meine Abgeschlagenheit bemerkt haben. Besorgt musterte sie mich. Auch sie sah müde aus.

Ich trat ans Spülbecken, um das Messer vom Blut zu säubern, und sie erschrak.

»Der Gerechtigkeit wurde genüge getan«, sagte ich bloß.

»Bestimmst du jetzt, was gerecht ist?«, fragte sie, als sie ihre Befürchtungen bestätigt sah.

Sie streckte den Arm aus und goss sich ein Glas Wasser ein. Eine ganze Weile sagten wir nichts. Ich wusste, dass sie recht hatte, und sie wusste, dass ich nicht anders hatte handeln können. Sie schaute mich schweigend an. Endlich antwortete ich.

»Ich musste es tun. Ich habe einen Verräter getötet, der uns tausendmal verkauft hat, und ich habe die Frau gefickt, die Danis Andenken entweiht hat, indem sie den Sohn des Mannes geheiratet hat, der seinen Vater umbringen ließ.«

Mir war bewusst, dass ich das nicht hätte sagen sollen, nicht so. Aber Senyora Stendhal ließ mir keine Gelegenheit, es zu bereuen. Mit versteinerten Zügen verlangte sie eine Erklärung.

»Du hast Raquel gesehen? Was hast du ihr angetan?« Der zornige Blick aus ihren großen Augen durchbohrte mich wie ein Dolch.

»Ich habe sie gesehen. Sie war wunderschön. Heiter. Sie hatte sich einen hübschen Zopf geflochten. Wir sind zum See spaziert und haben am Ufer miteinander geschlafen. Ich hatte mit diesem Schwein Sabater noch eine Rechnung offen, und es war mir eine Freude, ihm Hörner aufzusetzen. Aber das war's. Es ist vorbei.«

Sie sprang auf und gab mir eine Ohrfeige. Ihr Mund öffnete sich, doch sie sagte keinen Ton. Sie verließ die Küche und schlug hinter sich die Tür mit einer Verzweiflung zu, in der sich jahrelange Erniedrigungen und Kummer Bahn brachen. Durch das offene Küchenfenster beobachtete ich, wie sie mit geballten Fäusten am Brunnen niedersank, so wie der Großvater an dem Tag, an dem Sabaters Verwalter sie zusammengeschlagen hatte und er sie nicht hatte beschützen können.

GIRONA, 1990

49

Als Senyora Stendhal heimkehrte, saß ich zusammengesunken am Tisch, die Augen geschlossen, gedankenverloren, weit, weit fort von Girona. Sie machte kein Licht, sondern trat zu der kleinen Lampe auf dem Beistelltisch. Ich schlug die Augen auf und sah, wie sie mit einer Lupe aufmerksam die Postkarte der Platanenallee betrachtete. Sicher war sie sprachlos. Sie bemerkte meinen Blick und schenkte mir ein Lächeln.

»Bei diesem Wetter hättest du nicht allein ausgehen dürfen«, schimpfte ich. »Wie geht es Maria?«

»Seit Sixtes Tod fühlt sie sich in ihrer Wohnung an der Plaça de Sant Pere sehr einsam ... Woher hast du die?«, fragte sie mich und deutete auf die Postkarte der Landstraße.

»Von einem Antiquar.«

Sie schwieg, regungslos. Mit einem Mal breitete sich im Wohnzimmer Stille aus. Auch in der Stadt war es ruhig geworden. Ich schaute aus dem Fenster, über die Dächer der

Häuser am Fluss, und stellte fest, dass es nicht mehr regnete. Im Westen musste die Wolkendecke aufgerissen sein, denn die Fassade der Kathedrale warf den Sonnenschein zurück und tauchte die Altstadt in gleißendes Licht. Schlagartig wurde es auch im Wohnzimmer wieder hell. Ungeduldig blickte ich Senyora Stendhal an. Ich hatte den ganzen Nachmittag auf sie gewartet, um ihr diese eine Frage zu stellen.

»Warum bist du am Tag unserer Rückkehr ins Dorf so furchtbar böse geworden, als ich dir erzählt habe, ich hätte am See mit Raquel geschlafen? Dass ich dich so traurig gemacht habe, tat mir sehr leid. Noch nach fünfundzwanzig Jahren frage ich mich, was dich so verletzt hat.«

»Du hast dich immer für etwas Besseres gehalten, aber an diesem Tag warst du kein Deut besser als die anderen, nicht einmal als Bombeta. Raquel hatte in all den Jahren nie aufgehört, nach dir zu fragen. Mit ihrer Heirat wollte sie ihren Vater und den Schmied retten, die an dem Tag, an dem Ros getötet wurde, bei Dani waren. Zwar waren sie noch vor der Verfolgungsjagd am Dorfeingang aus dem Auto gestiegen, aber irgendwer hat sie gesehen und ist damit schleunigst zu Sabaters Sohn gerannt. Raquel hat ihn geheiratet, damit er darüber hinwegsah und die beiden nicht bei der Militärpolizei denunzierte.«

Damit hatte ich nicht gerechnet. Es fuhr mir wie ein Stich ins Herz, aber ich überspielte es. Ich wollte nicht klein beigeben.

»Mag sein, dass sie keine Wahl hatte, aber ich konnte ihr nicht vergeben. Letzten Endes zählen, ungeachtet der Gründe, nur die Fakten, und Fakten haben Konsequenzen. Konsequenzen, die man tragen muss.«

»Du begreifst noch immer nicht. Es war Raquel, die die Leute im Dorf warnte, wenn das Militär mal wieder eine Razzia plante ... Du hast es nie erfahren, aber sicher stammte manche Warnung, die dir seinerzeit in den Bergen übermittelt wurde, von ihr. Die Dinge sind nie so, wie sie scheinen. Wenn du sie verstehen willst, musst du sie skeptisch von allen Seiten betrachten und dich Stück für Stück mit ihnen auseinandersetzen.«

Abermals lastete Stille im Raum. Senyora Stendhal wirkte wenig geneigt, die Unterhaltung fortzusetzen. Offensichtlich stimmte die Erinnerung an jene Zeit sie traurig.

»Manchmal legte sie auf dem Gut Lebensmittel hinter die Schuppen, damit Siset sie stehlen konnte und die Xapos nicht verhungern mussten«, sagte sie leise.

Ich krallte mich in die Armlehnen des Sessels. Erneut verspürte ich diesen verdammten Stich. Es schnürte mir die Kehle zu. Sprachlos suchte ich in meiner Bestürzung nach Antworten, aber es gab keine. Um Zeit zu gewinnen, nahm ich die Postkarte und betrachtete sie mit der Lupe, die Senyora Stendhal zur Seite geschoben hatte.

Bei der eingehenderen Untersuchung fielen mir Details auf, die ich vorher übersehen hatte. Drei winzige, nicht zu erkennende Gestalten gingen über den Kiesweg zwischen den Rosenstöcken. Vielleicht waren es Senyora Stendhal und ihre Eltern, vor dem Krieg ... Dann fiel mein Blick auf die Schonung des Großvaters. Das Stück Land mit den frisch gepflanzten, winzigen Pappeln lag wie ein Keil zwischen den Gehölzen von Sabater und Ros. Es führte bis an den Kanal.

»O Gott, der Großvater hatte recht!«, rief ich aufgeregt. »Seine Bäume reichten bis an den Kanal, das Wasser stand ihm rechtmäßig zu! Dani und der Schmied haben ja schon immer gesagt, dass diese beiden Diebe unter einer Decke steckten: Sabater nahm ihm die Bäume am Wasser ab, und Ros zwang ihn, den Rest seines Landes für einen Spottpreis zu verkaufen.«

Ich suchte in ihren Augen nach einem Zeichen der Zustimmung, aber Senyora Stendhals Blick war noch immer traurig, hoffnungslos.

Es klang wie ein Flehen, als ich sagte: »Du musst es verstehen, wir hatten nie eine Wahl. Es war ein Kampf auf Leben und Tod, entweder sie oder wir. Sabater hat deinen Mann umbringen lassen, und Ros hat den Großvater in den Ruin getrieben: Sie waren schuldig. Dani blieb nichts anderes übrig, als meinen Vater zu töten, und viele Jahre später musste ich die Rache zu Ende bringen. Du kannst mir nicht erzählen, dass du sie nicht für das Unrecht bezahlen lassen wolltest, das sie euch angetan haben.«

»Nein, ich wollte keine Rache! Und der Großvater hätte es auch nicht gewollt. Mein Gott, es war doch schon genug Blut in diesem verdammten Dorf geflossen! Dani war im Irrtum, und du ebenfalls. Du irrst dich noch immer. Ich habe dir einmal gesagt, du würdest mich vor Kummer ins Grab bringen, wenn du ihm nacheifern würdest. Das alles liegt lange zurück, aber damit ich Frieden finden kann, musst du verstehen.«

Senyora Stendhals Worte klangen ebenso zornig wie an jenem Abend im Haus an der Landstraße, aber diesmal kamen sie ihr langsamer, erschöpfter über die Lippen, geboren aus tiefer Verzweiflung. Sie stand auf und ging zum Wohnzimmerschrank, wo sie in einer Schublade kramte. Mit einer Metalldose, die sie vorsichtig in beiden Händen trug, kehrte sie zurück an den Tisch. Sie entnahm ihr einen vergilbten Umschlag und reichte ihn mir. Er war an sie adressiert, Annie Stendhal, und in Frankreich aufgegeben worden, wie die Briefmarke verriet. Darin befand sich eine Postkarte. Als ich sie herauszog, stutzte ich. Es war das gleiche Motiv von dem Haus an der Landstraße, das ich nur wenige Stunden zuvor in Cortés' Antiquariat entdeckt hatte.

Verwirrt blickte ich Senyora Stendhal an. Ich erwartete eine Erklärung, doch sie regte sich nicht. Ihre Miene war ernst.

»Lies!«, sagte sie.

Ihr Ton war herrisch, und ich tat, was sie mir sagte, ohne Fragen zu stellen.

Ich drehte die Postkarte um und stellte ungläubig fest, dass der Großvater sie am 25. September 1940 in Céret geschrieben hatte. Seine winzige, aber gut leserliche Schrift bedeckte die gesamte Fläche der Postkarte, auch das Feld für die Adresse des Empfängers.

Liebe Annie,

Du weißt nicht, wie sehr ich Dich und unser Dorf vermisse. Ich habe keine Ahnung, wie lange es dauert, bis wir uns wiedersehen, denn wir mussten uns vor den Treibjagden der franquistischen Truppen auf der anderen Seite der Grenze in Sicherheit bringen. Wie gefällt Dir die Postkarte? Damit hast du nicht gerechnet, nicht wahr? Ich habe sie in Céret einem Drucker abgekauft, der kurz vor seiner Flucht aus Barcelona eine Serie über malerische Dörfer in Arbeit hatte. Ausgerechnet in dem Moment, in dem ich es am wenigsten erwartete, habe ich den Beweis gefunden, der es mir ermöglichen würde, meinen Anspruch auf das Stück Land zu untermauern, das mir dieser Schuft Sabater gestohlen hat. Aber ich habe beschlossen, nichts zu unternehmen. Die Gerichte der Faschisten würden mir mein Recht ja doch unter irgendeinem Vorwand verweigern. Mehr noch, ich finde, der Xapo-Hof und das Haus an der Landstraße sind in Ros' Händen besser und sicherer aufgehoben. Aus diesem Grund habe ich ihm alles verkauft, was uns geblieben ist, bis auf die Schonung. Die wollte ich für den Tag behalten, an dem ich endlich wieder nach Hause kann. Wir haben den privaten Kaufvertrag letzte Woche hier in Céret vor dem Anwalt aus Perpignan unterzeichnet, der ihn während des Krieges bei sich aufgenommen hatte. Ros wird es so aussehen lassen, als würdest Du ihm Miete zahlen. Auf diese Weise kannst Du im Häuschen wohnen bleiben. Auch die Xapos behält er als Pächter. Später wird er Mittel und Wege finden, damit alles zurück an unsere Familie fällt. Er hat es mir geschworen, und ich vertraue ihm. Ich hoffe, Du bist einverstanden.

Gesundheit und Freiheit! Und eine Million Küsse für Dich, Dani und den kleinen Lluc.

Dein Vater, Dídac.

Ich las die Postkarte zweimal. Und dann noch einmal die Sätze, die von meinem Vater handelten. »Ros war ein guter Mensch, bete für ihn«, hatte Senyora Stendhal in der Nacht zu mir gesagt, als sie mich ins Internat gebracht hatte. Jetzt wusste ich, wie recht sie gehabt hatte, Dani und der Schmied lagen falsch. Die Postkarte war der Beweis, dass Sabater ein

Dieb war, doch sie belegte auch, dass Ros im Einvernehmen mit dem Großvater gehandelt hatte und ein guter Mensch war.

»Du hast immer gewusst, dass der Großvater recht hatte, und hättest es beweisen können«, sagte ich nach einer Weile.

»Ja, natürlich. Aber ich war immer seiner Meinung, dass es besser sei, wie er und Ros die Dinge geregelt hatten.«

»Das verstehe ich nicht. Ros war sein Feind, warum wollte er ihm helfen?«

»Ich habe dir schon einmal gesagt, du sollst nicht immer vorschnell urteilen. Du musst deine Ansichten hinterfragen. Manchmal kommt es am Ende so, wie du es erwartest, aber manchmal lebst du in einer geschlossenen Welt, die mit der Realität nichts zu tun hat. In all den Jahren warst du überzeugt, du seist Ros' Sohn, und für dich war es so, aber ...«

Erneut schmerzte meine Brust, und ich musste mich an den Armlehnen des Sessels festhalten. Senyora Stendhals Worte kamen für mich so überraschend, dass ich nicht wusste, ob sie mich auf den Arm nahm oder ob ich auf der Hut sein sollte.

»Und ... bin ich das etwa nicht?«, fiel ich ihr irritiert ins Wort.

Ich schaute ihr tief in die Augen und versuchte, in ihrer Seele zu lesen. Sie hielt meinem Blick stand. Ihre Augen glänzten, und ich erkannte darin eine große Traurigkeit. Jedoch nichts, das mir half, ihre Worte zu deuten.

Dicke Regentropfen trommelten gegen die Glasscheiben des Erkers, und mit einem Mal tat sich der Himmel auf, und eine erneute Sintflut brach über Gironas Altstadt herein. Das Licht der Lampe auf dem Beistelltisch fiel auf Senyora Stendhals Gesicht, und ich konnte sehen, wie eine große, bittere

Träne über ihre Wange rollte und auf das Foto der Landstraße fiel.

»Bin ich nicht Ros' Sohn?«, fragte ich erneut.

»Nein, das bist du nicht. Ros war Danis Vater. Lange vor dem Krieg waren er und ich ein Paar. Als ich schwanger wurde, verließ ich ihn. Ich wollte keine Liebschaft sein. Stendhal hatte sich in mich verliebt und bot mir an, Dani an Kindes statt anzunehmen. Ich wollte, dass mein Sohn in einer anständigen Familie aufwuchs, und nahm seinen Antrag an. Von da an war ich nicht länger Anna aus der Wohnung an der Plaça de Sant Pere, sondern wurde zu Senyora Stendhal. Selbst mein Vater begann, mich Annie zu nennen.«

Eine neue Träne kullerte über ihre Wange und tropfte auf die Postkarte der Platanenallee. Senyora Stendhal sah aus, als sei sie am Ende ihrer Kräfte, doch sie riss sich zusammen und nahm den Faden wieder auf, der sie an jene Jahre band, die sie vor mir hatte verbergen wollen.

»Einige Zeit später lernte Ros deine Mutter kennen, die dich gerade zur Welt gebracht hatte. Seine Frau konnte ihm keine Kinder schenken, und so machte er aus euch seine Zweitfamilie.«

»Ich verstehe kein Wort. Die ganze Zeit bin ich davon ausgegangen, dass er mein Vater war, und du hast nichts getan, um mich davon abzubringen. Und dann gibt es da noch das Testament ...«

»Warum er dich als seinen Erben eingesetzt hat und nicht seinen Sohn, habe ich nie erfahren. Das kam auch für mich überraschend. Vielleicht weil Dani ihm gegenüber sehr abweisend war. Als Ros Rossa die Wohnung einrichtete und dich kennenlernte, glaubte er wohl, du könntest ihm das geben, was er von seinem Sohn Dani nicht bekam.«

Ich wusste nicht, ob ich vor Wut weinen oder über diesen makabren Scherz lachen sollte. Ich war der Erbe eines der reichsten Männer der Gegend geworden und hatte nichts mit ihm zu tun. Dani hingegen …

Erst da durchfuhr es mich siedend heiß. Ich sprang auf und rief entsetzt: »Dani! Dani hat seinen Vater getötet?«

»Er wollte Gerechtigkeit schaffen und hat die größte Ungerechtigkeit begangen, die man sich denken kann.«

Mir entfuhr ein verzweifelter Schrei: »Dani!« Schluchzend ließ ich mich tief in den Sessel sinken.

Als ich aufschaute, hatte Senyora Stendhal das Gesicht in ihren Händen begraben und weinte ebenfalls untröstlich. Ich betrachtete sie. Trotz all des vielen Geldes, das ich in der pharmazeutischen Industrie machte, hatte nichts sie von ihrem geliebten Herd fernhalten können. In den letzten Jahren hatte sie in der Küche des Restaurants gerackert wie eine Zwanzigjährige, doch sie war klein geworden, sie erlosch. Ich stand auf, zog sie hoch und drückte sie fest an mich. Sie wischte sich mit dem Ärmel ihres Kleides über die Augen und versuchte zu lächeln.

»Ich bereue nicht, dir diese Ohrfeige gegeben zu haben. Seit diesem Tag habe ich mich nie wieder für dich schämen müssen«, brachte sie mühsam hervor. »In all den Jahren war ich auf dich so stolz wie eine Mutter, und immer wenn ich dich ansah, dachte ich, dass ich auf Dani sicher ebenso stolz gewesen wäre, wenn sie ihn nicht umgebracht hätten.«

Ich schlang meine Arme noch fester um ihre schmale Taille und lehnte meinen Kopf an ihre Brust. Ich war wieder auf dem Kiesweg des kleinen weißen Hauses, kurz bevor ich auf Danis Motorrad stieg, an einem dieser Tage, an denen der Wind rau von den Berghängen fegte. Und ich wünschte mir, die Zeit bliebe stehen, damit ich in Senyora Stendhals Umarmung verweilen könnte, bei ihrem süßen Duft. Ich schloss die Augen und sah die Landstraße, die bis hinter der Abzweigung zum Dorf durch die Ebene führte, dorthin, wo die Platanen zurückwichen und sich die Straße zwischen Eichenwäldern in die Höhe wand, bis sie nicht mehr zu sehen war. Eines lange zurückliegenden Tages, vor fünfundvierzig Jahren, war ich dorthinauf gestiegen. Jetzt war ich endlich heimgekehrt.

Anmerkung des Autors

Auch wenn einige Episoden in *Die letzten Tage meiner Kindheit* durch reale Geschehnisse oder Personen inspiriert wurden, ist diese Geschichte allein der Fantasie des Autors entsprungen. Das Kapitel über den Krieg vereint in wenigen Juli- und Augusttagen Ereignisse, die sich in der Umgebung von Girona zwischen dem 18. Juli und dem 31. Oktober 1936 tatsächlich zugetragen haben.

Zwei Familien, zwei Kriege und ein schrecklicher Fluch

Rafel Nadal
DAS VERMÄCHTNIS DER FAMILIE PALMISANO
Roman
Aus dem Katalanischen von Ursula Bachhausen
384 Seiten
ISBN 978-3-404-17539-0

Einundzwanzig Tote, alle im Ersten Weltkrieg gefallen. Das ist die traurige Bilanz der Familie Palmisano, die seitdem als verflucht gilt. Als die Witwe Donata Palmisano kurz nach Kriegsende einen Sohn zur Welt bringt, fasst sie einen folgenschweren Entschluss: Sie gibt Vitantonio als Sohn ihrer Cousine aus, um ihn zu schützen. Bei Ausbruch des Zweiten Weltkriegs ist Vitantonio ein kräftiger junger Mann, der in die Schlacht ziehen soll genau wie seine Vorfahren. Kann er sein Schicksal besiegen und dem Fluch der Familie entrinnen?
Ein Dorf in Süditalien wird zum Schauplatz eines halben Jahrhunderts europäischer Geschichte.

Bastei Lübbe